www.ingramcontent.com/pod-product-compliance
Lightning Source LLC
Chambersburg PA
CBHW031001210726
48290CB00007B/2420

سگ ولگرد

صادق هدایت

سریال کتاب: P2445110247

عنوان: سگ ولگرد

نویسنده: صادق هدایت

به کوشش: دکتر علی هاشمی

شابک: ISBN: 978-1-77892-227-5

موضوع: داستانی

مشخصات کتاب: کتاب جلد مقوایی، سایز A5

تعداد صفحات: 152

تاریخ نشر ادیشن فارسی: ژانویه 2025

انتشارات در کانادا: انتشارات بین المللی کیدزوکادو

KIDSOCADO PUBLISHING HOUSE

VANCOUVER, CANADA

تلفن و واتس‌آپ: 7248 333 (236) 1+

ایمیل: info@kidsocado.com

وبسایت: https://www.kidsocado.com

چیزی که بیشتر از همه پات را شکنجه می‌داد؛ احتیاج او به نوازش بود. او مثل بچّه‌ای بود که همه‌اش توسری خورده و فحش شنیده؛ امّا احساسات رقیقش هنوز خاموش نشده. مخصوصاً با این زندگی جدید پر از درد و زجر، بیش از پیش احتیاج به نوازش داشت. چشم‌های او این نوازش را گدایی می‌کردند و حاضر بود جان خودش را بدهد؛ در صورتی که یک نفر به او اظهار محبّت بکند و یا دست روی سرش بکشد. او احتیاج داشت که مهربانی خودش را به کسی ابراز بکند؛ برایش فداکاری بنماید.

فهرست

آغاز سخن

صادق هدایت، نویسنده، مترجم و روشنفکر مطرح ایرانی در سال ۱۲۸۱ خورشیدی در شهر تهران به دنیا آمد. او از خانواده‌ای سرشناس و اهل فرهنگ و ادب بود و همین موضوع باعث شد که تحصیلات خود را در مدارس «دارالفنون» و «سن لویی» پیگیری کند. تحصیل در چنین مدارسی و سپس، همنشینی با بزرگ‌ترین نویسندگان و ادیبان ایرانی باعث شد که صادق هدایت، کم‌کم به جرگهٔ نویسندگان درآید و در ایّام اقامت در ایران، هندوستان و فرانسه، بی‌وقفه به فکر نوشتن و ترجمهٔ آثار ادبی باشد. این‌چنین، آثار ادبی گوناگونی توسط او به رشتهٔ تحریر درآمد و به گنجینهٔ زبان و ادبیات فارسی اضافه شد.

کتاب «سگ ولگرد» مجموعه‌ای از داستان‌های کوتاه فارسی اثر صادق هدایت است. این مجموعه داستان کوتاه، نخستین بار در سال ۱۳۲۱ خورشیدی منتشر شد. این کتاب شامل ۸ داستان کوتاه است که پیش از سال ۱۳۲۰ نوشته شده‌اند؛ اما امکان انتشار آنها فراهم نشده بود.

اثر حاضر، با هدف گسترش ارتباط ایرانیان و فارسی‌زبانان سراسر دنیا با آثار صادق هدایت آماده شده است. در این اثر، مجموعه داستان کوتاه سگ ولگرد، به شکلی ویراسته و درست فراهم شده و به حضور شما خواننده گرامی تقدیم می‌شود. چاپ‌های متعددی از کتاب سگ ولگرد توسط علاقه‌مندان زبان و ادبیات فارسی منتشر و روانه بازار شده است که هر یک در جایگاه خود، حائز اهمیت و قدر و ارزش هستند؛ اما از آنجا که بنای ما در این کتاب بر ارائهٔ یک اثر کم‌غلط و خواندنی برای عموم مردم بوده است؛ دست از نکته‌سنجی‌های موشکافانه کشیدیم و آن را به فرصتی دیگر وانهادیم؛ ازاین‌رو کتاب حاضر را با ویرایش مناسب فراهم کردیم. امیدواریم که این تلاش، بتواند جلوه‌گر فرهنگ عظیم ایران باشد.

شاد و سرخوش و خوش‌دل باشید.

سگ ولگرد

چند دکان کوچك نانوایی، قصّابی، عطاری، دو قهوه‌خانه و یك سلمانی که همهٔ آن‌ها برای سدّ جوع و رفع احتیاجات خیلی ابتدایی زندگی بود؛ تشکیل میدان ورامین را می‌داد. میدان و آدم‌هایش زیر خورشید قهار، نیم‌سوخته، نیم‌بریان شده، آرزوی اوّلین نسیم غروب و سایهٔ شب را می‌کردند. آدم‌ها، دکان‌ها، درخت‌ها و جانوران، از کار و جنبش افتاده بودند. هوای گرمی روی سر آن‌ها سنگینی می‌کرد و گرد و غبار نرمی جلو آسمان لاجوردی موج می‌زد که بواسطهٔ آمد و شد اتومبیل‌ها پیوسته به غلظت آن می‌افزود.

یک‌طرف میدان، درخت چنار کهنی بود که میان تنه‌اش پوك و ریخته بود، ولی با سماجت هرچه تمام‌تر شاخه‌های کج‌وکولهٔ نقرسی خود را گسترده بود و زیر سایهٔ برگ‌های خاك‌آلودش، یك سکّوی پهن بزرگ زده بودند که دو پسربچّه در آنجا به آواز رسا، شیربرنج و تخمه کدو می‌فروختند. آب گل‌آلود غلیظی از میان جوی جلو قهوه‌خانه، به‌زحمت خودش را می‌کشاند و رد می‌شد.

تنها بنایی که جلب نظر می‌کرد؛ برج معروف ورامین بود که نصف تنهٔ استوانه‌ایِ تَرَك‌تَرَك آن با سر مخروطی پیدا بود. گنجشک‌هایی که لای درز آجرهای ریختهٔ آن لانه کرده بودند؛ نیز از شدّت گرما خاموش بودند و چرت می‌زدند. فقط صدای نالهٔ سگی، فاصله به فاصله سکوت را می‌شکست.

این یك سگ اسكاتلندی بود که پوزه‌ای کاه‌دودی و به پاهایش خال سیاه داشت .مثل اینکه در لجن‌زار دویده و به او شتك زده بود. گوش‌های بَلبَله، دُم بُراغ، موهای تاب‌دار چرك داشت و دو چشم با هوش آدمی در پوزهٔ پشم‌آلود او می‌درخشید. در ته چشم‌های او یك روح انسانی دیده می‌شد. در نیم‌شبی که زندگی او را فراگرفته بود؛ یك چیز بی‌پایان در چشم‌هایش موج می‌زد و پیامی با خود داشت که نمی‌شد آن را دریافت؛ ولی پشت نی‌نی چشم او گیر کرده بود. آن نه روشنایی و نه رنگ بود؛ یك چیز دیگر باورنکردنی، مثل همان چیزی که در چشمان آهوی زخمی دیده می‌شود؛ بود. نه‌تنها یك تشابه بین چشم‌های او و انسان وجود داشت؛ بلکه یک نوع تساوی دیده می‌شد. دو چشم میشی پر از درد و زجر و انتظار که فقط در پوزهٔ یك سگ سرگردان ممکن است؛ دیده شود. ولی به نظر می‌آمد؛ نگاه‌های دردناک پر از التماس او را کسی نمی‌دید و نمی‌فهمید! جلو دکان نانوایی، پادو او را کتك می‌زد؛ جلو قصابی، شاگردش به او سنگ می‌پراند. اگر زیر سایهٔ اتومبیل پناه می‌برد؛ لگد سنگین کفش میخ‌دار شوفر، از او پذیرایی می‌کرد و زمانی که همه از آزار به او خسته می‌شدند؛ بچّهٔ شیربرنج‌فروش، لذّت مخصوصی از شکنجه او می‌برد. در مقابل هر ناله‌ای که می‌کشید؛ یك پاره‌سنگ به کمرش می‌خورد و صدای قهقههٔ بچّه پشت نالهٔ سگ بلند

می‌شد و می‌گفت: «بد مَسَّب صاحاب!» مثل اینکه همهٔ آن‌های دیگر هم با او هم‌دست بودند و به‌طور موذی و آب زیر کاه از او تشویق می‌کردند؛ می‌زدند زیر خنده. همه محض رضای خدا او را می‌زدند و به نظرشان خیلی طبیعی بود؛ سگ نجسی را که مذهب نفرین کرده و هفتا جان دارد؛ برای ثواب بچزانند.

بالأخره پسربچّهٔ شیربرنج‌فروش به قدری پاپی او شد که حیوان ناچار به کوچه‌ای که طرف برج می‌رفت فرار کرد؛ یعنی خودش را با شکم گرسنه، به‌زحمت کشید و در راه‌آبی پناه برد. سر را روی دو دست خود گذاشت؛ زبانش را بیرون آورد؛ در حالت نیم‌خواب و نیم‌بیداری، به کشتزار سبزی که جلوش موج می‌زد؛ تماشا می‌کرد. تنش خسته بود و اعصابش درد می‌کرد. در هوای نمناک راه‌آب، آسایش مخصوصی سر تا پایش را فراگرفت. بوهای مختلف سبزه‌های نیمه‌جان، یک لنگه کفش کهنهٔ نم کشیده، بوی اشیای مرده و جاندار در بینی او، یادگارهای دَرهَم و دوری را زنده کرد. هر دفعه که به سبزه‌زار دقّت می‌کرد؛ مِیل غریزی او بیدار می‌شد و یادبودهای گذشته را در مغزش از سر نو جان می‌داد؛ ولی این‌دفعه به‌قدری این احساس قوی بود؛ مثل اینکه صدایی بیخ گوشش، او را وادار به جنبش و جست‌وخیز می‌کرد. مِیل مفرطی حس کرد که در این سبزه‌ها بدود و جست بزند.

این حس موروثی او بود؛ چه همهٔ اجداد او در اسکاتلند میان سبزه آزادانه پرورش دیده بودند؛ امّا تَنَش به‌قدری کوفته بود که اجازهٔ کمترین حرکت را به او نمی‌داد. احساس دردناکی آمیخته با ضعف و ناتوانی به او دست داد. یک

مشت احساسات فراموش شده، گم شده، همه به هیجان آمدند. پیش‌تر او قیود و احتیاجات گوناگون داشت. خودش را موظّف می‌دانست که به صدای صاحبش حاضر شود که شخص بیگانه و یا سگ خارجی را از خانهٔ صاحبش بتاراند که با بچّهٔ صاحبش بازی بکند؛ با اشخاص دیده، شناخته چه‌جور تا بکند؛ با غریبه چه‌جور رفتار بکند؛ سر موقع غذا بخورد؛ به موقع معیّن توقّع نوازش داشته باشد؛ ولی حالا تمام این قیدها از گردنش برداشته شده بود.

همهٔ توجّه او منحصر به این شده بود که با ترس و لرز از روی زبیل، تکّه خوراکی به دست بیاورد و تمام روز را کتک بخورد و زوزه بکشد ـ این یگانه وسیله دفاع او شده بود ـ سابق او با جرئت، بی‌باك، تمیز و سرزنده بود؛ ولی حالا ترسو و توسری‌خور شده بود. هر صدایی که می‌شنید و یا چیزی نزدیك او تکان می‌خورد؛ به خودش می‌لرزید؛ حتّی از صدای خودش وحشت می‌کرد. اصلاً او به کثافت و زبیل خو گرفته بود. تنش می‌خارید؛ حوصله نداشت که کیك‌هایش را شکار بکند و یا خودش را بلیسد. او حس می‌کرد که جزو خاکروبه شده و یك چیزی در او مرده بود؛ خاموش شده بود.

از وقتی که در این جهنم‌درّه افتاده بود؛ دو زمستان می‌گذشت که یك شکمِ سیر غذا نخورده بود؛ یك خواب راحت نکرده بود؛ شهوتش و احساساتش خفه شده بود؛ یک نفر پیدا نشده بود که دست نوازشی روی سر او بکشد؛ یك نفر توی چشم‌های او نگاه نکرده بود. گرچه آدم‌های اینجا ظاهراً شبیه صاحبش بودند؛ ولی به نظر می‌آمد که احساسات و اخلاق و

رفتار صاحبش با این‌ها زمین تا آسمان فرق داشت. مثل این بود که آدم‌هایی که سابق با آن‌ها محشور بود؛ به دنیای او نزدیک‌تر بودند؛ دردها و احساسات او را بهتر می‌فهمیدند و از او بیشتر حمایت می‌کردند.

در میان بوهایی که به مشامش می‌رسید؛ بویی که بیش از همه او را گیج می‌کرد؛ بوی شیربرنج جلو پسربچّه بود ـ این مایع سفید که آن‌قدر شبیه شیر مادرش بود و یادهای بچّگی را در خاطرش مجسّم می‌کرد ـ ناگهان یک حالت کرختی به او دست داد. به نظرش آمد وقتی که بچّه بود؛ از پستان مادرش آن مایع گرم مغذّی را می‌مکید و زبان نرم محکم او تنش را می‌لیسید و پاک می‌کرد. بوی تندی که در آغوش مادرش و در مجاورت برادرش استشمام می‌کرد ـ بوی تند و سنگین مادرش و شیر او در بینی‌اش جان گرفت.

همین که شیرمست می‌شد؛ بدنش گرم و راحت می‌شد و گرمای سیّالی در تمام رگ و پی او می‌دوید؛ سرسنگین از پستان مادرش جدا می‌شد و یک خواب عمیق که لرزه‌های مکیّفی به طول بدنش حس می‌کرد؛ دنبال آن می‌آمد. چه لذّتی بیش از این ممکن بود که دست‌هایش را بی‌اختیار به پستان‌های مادرش فشار می‌داد؛ بدون زحمت و دوندگی شیر بیرون می‌آمد. تن کُرکی برادرش، صدای مادرش، همهٔ این‌ها پر از کیف و نوازش بود. لانهٔ چوبی سابقش را به خاطر آورد؛ بازی‌هایی که در آن باغچهٔ سبز با برادرش می‌کرد.

گوش‌های بلبلهٔ او را گاز می‌گرفت؛ زمین می‌خوردند؛ بلند می‌شدند؛ می‌دویدند و بعد یک هم‌بازی دیگر پیدا کرد که پسر صاحبش بود. در ته

باغ دنبال او می‌دوید؛ پارس می‌کرد؛ لباسش را دندان می‌گرفت. مخصوصاً نوازش‌هایی که صاحبش از او می‌کرد؛ قندهایی که از دست او خورده بود؛ هیچ‌وقت فراموش نمی‌کرد؛ ولی پسر صاحبش را بیشتر دوست داشت؛ چون هم‌بازی‌اش بود و هیچ‌وقت او را نمی‌زد. بعدها یک مرتبه مادر و برادرش را گم کرد. فقط صاحبش و پسر او و زنش با یک نوکر پیر مانده بودند. بوی هر کدام از آن‌ها را چقدر خوب تشخیص می‌داد و صدای پایشان را از دور می‌شناخت. وقت شام و ناهار دور میز می‌گشت و خوراک‌ها را بو می‌کشید و گاهی زن صاحبش با وجود مخالفت شوهر خود، یک لقمهٔ مهر و محبّت برایش می‌گرفت. بعد نوکر پیر می‌آمد؛ او را صدا می‌زد: «پات!... پات!...» و خوراکش را در ظرف مخصوصی که کنار لانهٔ چوبی او بود می‌ریخت.

مست شدن پات باعث بدبختی او شد؛ چون صاحبش نمی‌گذاشت که پات از خانه بیرون برود و به دنبال سگ‌های ماده بیفتد. از قضا یک روز پاییز، صاحبش با دو نفر دیگر که پات آن‌ها را می‌شناخت و اغلب به خانه‌شان آمده بودند؛ در اتومبیل نشستند و پات را صدا زدند و در اتومبیل پهلوی خودشان نشاندند. پات چندین‌بار با صاحبش به وسیلهٔ اتومبیل مسافرت کرده بود؛ ولی در این روز او مست بود و شور و اضطراب مخصوصی داشت. بعد از چند ساعت راه در همین میدان پیاده شدند. صاحبش با آن دو نفر دیگر، از همین کوچه کنار برج گذشتند؛ ولی اتّفاقاً بوی سگ ماده‌ای، آثار بوی مخصوص هم‌جنسی که پات جستجو می‌کرد؛ او را یک‌مرتبه دیوانه کرد.. به فاصله‌های مختلف بو کشید و بالأخره از راه آب باغی وارد باغ شد.

نزدیك غروب، دومرتبه صدای صاحبش كه می‌گفت: «پات!... پات!...»
به گوشش رسید. آیا حقیقتاً صدای او بود و یا انعكاس صدای او در گوشش
پیچیده بود؟

گرچه صدای صاحبش تأثیر غریبی در او می‌كرد؛ زیرا همهٔ تعهّدات و
وظایفی كه خودش را نسبت به آن‌ها مدیون می‌دانست یادآوری می‌نمود؛
ولی قوّه‌ای مافوق قوای دنیای خارجی او را وادار كرده بود كه با سگ ماده
باشد. به‌طوری كه حس كرد؛ گوشش نسبت به صداهای دنیای خارجی
سنگین و كند شده. احساسات شدیدی در او بیدار شده بود و بوی سگ
ماده به‌قدری تند و قوی بود كه سر او را به دوار انداخته بود.

تمام عضلاتش، تمام تن و حواسش از اطاعت او خارج شده بود؛ به‌طوری
كه اختیار از دستش دررفته بود. ولی دیری نكشید كه با چوب و دسته‌بیل به
هوار او آمدند و از راه‌آب بیرونش كردند.

پات، گیج و منگ و خسته، امّا سبك و راحت، همین كه به خودش آمد؛
به جستجوی صاحبش رفت. در چندین پس‌كوچه بوی رقیقی از او مانده
بود. همه را سركشی كرد و به فاصله‌های معیّنی، از خودش نشانه گذاشت.
تا خرابهٔ بیرون آبادی رفت؛ دوباره برگشت؛ چون پات پی برد كه صاحبش به
میدان برگشته، ولی از آنجا بوی ضعیف او داخل بوهای دیگر گم می‌شد.
آیا صاحبش رفته بود و او را جا گذاشته بود؟ احساس اضطراب و وحشت
گوارائی كرد. چطور پات می‌توانست بی‌صاحب! بی‌خدایش زندگی بكند؛
چون صاحبش برای او حكم یك خدا را داشت؛ امّا درعین‌حال مطمئن بود

که صاحبش به جستجوی او خواهد آمد. هراسناک در چندین جاده شروع به دویدن کرد. زحمت او بیهوده بود.

بالأخره شب، خسته و مانده به میدان برگشت. هیچ اثری از صاحبش نبود. چند دور دیگر در آبادی زد. عاقبت رفت دم راه‌آبی که آنجا سگ ماده بود؛ ولی جلو راه‌آب را سنگ‌چین کرده بودند. پات با حرارت مخصوصی زمین را با دستش کند که شاید بتواند داخل باغ بشود؛ امّا غیرممکن بود. بعد از آنکه مأیوس شد؛ در همان‌جا مشغول چرت زدن شد.

نصف شب پات از صدای نالهٔ خودش از خواب پرید. هراسان بلند شد. در چندین کوچه پرسه زد. دیوارها را بو کشید و مدّتی ویلان و سرگردان در کوچه‌ها گشت. بالأخره گرسنگی شدیدی احساس کرد. به میدان که برگشت؛ بوی خوراکی‌های جوربه‌جور به مشامش رسید؛ بوی گوشت شب‌مانده، بوی نان تازه و ماست، همهٔ آنها به هم مخلوط شده بود؛ ولی او درعین‌حال حس می‌کرد که مقصّر است و وارد ملك دیگران شده. باید از این آدم‌هایی که شبیه صاحبش بودند؛ گدایی بکند و اگر رقیب دیگری پیدا نشود که او را بتاراند؛ كم‌كم حقّ مالكیّت اینجا را به دست بیاورد و شاید یکی از این موجوداتی که خوراکی‌ها در دست آن‌ها بود؛ از او نگهداری بکند.

با احتیاط و ترس و لرز جلو دکان نانوایی رفت که تازه باز شده بود و بوی تند خمیر پخته، در هوا پراکنده شده بود. یک نفر که نان زیر بغلش بود؛ به او گفت: «بیاه... بیاه!» صدای او چقدر به گوشش غریب آمد و یك تکّه نان گرم جلو او انداخت. پات هم پس از اندکی تردید، نان را خورد و دمش

را برای او جنبانید. آن شخص نان را روی سکّوی دکان گذاشت؛ با ترس و احتیاط، دستی روی سر پات کشید. بعد با هر دو دستش قلّادهٔ او را باز کرد. چه احساس راحتی کرد! مثل اینکه همهٔ مسئولیّت‌ها، قیدها و وظیفه‌ها را از گردن پات برداشتند؛ ولی همین که دوباره دمش را تکان داد و نزدیک صاحب دکان رفت؛ لگد محکمی به پهلویش خورد و ناله‌کنان دور شد. صاحب دکان رفت به دقّت دستش را لب جوی آب کر داد. هنوز قلّادهٔ خودش را که جلو دکان آویزان بود؛ می‌شناخت.

از آن روز، پات بجز لگد، قلبه‌سنگ و ضرب چماق، چیز دیگری از این مردم عایدش نشده بود. مثل اینکه همهٔ آن‌ها دشمن خونی او بودند و از شکنجهٔ او کیف می‌بردند!

پات حس می‌کرد؛ وارد دنیای جدیدی شده که نه آنجا را از خودش می‌دانست و نه کسی به احساسات و عوالم او پی می‌برد. چند روز اوّل را به‌سختی گذرانید؛ ولی بعد کم‌کم عادت کرد. به‌علاوه، سر پیچ کوچه، دست راست، جایی را سراغ کرده بود که آشغال و زبیل در آنجا خالی می‌کردند و در میان زبیل، بعضی تکّه‌های خوشمزه مثل استخوان، چربی، پوست، کلّه‌ماهی و خیلی خوراک‌های دیگر که او نمی‌توانست تشخیص بدهد؛ پیدا می‌شد. و بعد هم باقی روز را جلو قصّابی و نانوایی می‌گذرانید. چشمش به دست قصّاب دوخته شده بود؛ ولی بیش از تکّه‌های لذیذ، کتك می‌خورد و با زندگی جدید خودش سازش پیدا کرده بود. از زندگی گذشته، فقط یک مشت حالات مبهم و محو و بعضی بوها برایش باقی مانده بود و هروقت به

او خیلی سخت می‌گذشت؛ در این بهشت گمشدهٔ خود، یک نوع تسلیت و راه فرار پیدا می‌کرد و بی‌اختیار خاطرات آن زمان جلوش مجسّم می‌شد.

ولی چیزی که بیشتر از همه پات را شکنجه می‌داد؛ احتیاج او به نوازش بود. او مثل بچّه‌ای بود که همه‌اش توسری خورده و فحش شنیده؛ امّا احساسات رقیقش هنوز خاموش نشده. مخصوصاً با این زندگی جدید پر از درد و زجر، بیش از پیش احتیاج به نوازش داشت. چشم‌های او این نوازش را گدایی می‌کردند و حاضر بود جان خودش را بدهد؛ در صورتی که یک نفر به او اظهار محبّت بکند و یا دست روی سرش بکشد. او احتیاج داشت که مهربانی خودش را به کسی ابراز بکند؛ برایش فداکاری بنماید. حسّ پرستش و وفاداری خود را به کسی نشان بدهد؛ امّا به نظر می‌آمد؛ هیچ‌کس احتیاجی به ابراز احساسات او نداشت. هیچ‌کس از او حمایت نمی‌کرد و توی هر چشمی نگاه می‌کرد؛ بجز کینه و شرارت چیز دیگری نمی‌خواند. و هر حرکتی که برای جلب توجّه این آدم‌ها می‌کرد؛ مثل این بود که خشم و غضب آن‌ها را بیشتر برمی‌انگیخت.

در همان حال که پات توی راه‌آب چرت می‌زد؛ چند بار ناله کرد و بیدار شد. مثل اینکه کابوس‌هایی از جلو نظرش می‌گذشت. در این وقت احساس گرسنگی شدیدی کرد؛ بوی کباب می‌آمد. گرسنگی غدّاری تمام درون او را شکنجه می‌داد؛ به‌طوری که ناتوانی و دردهای دیگرش را فراموش کرد. به‌زحمت بلند شد و با احتیاط به طرف میدان رفت.

در همین وقت، یکی از این اتومبیل‌ها با سر و صدا و گرد و خاك، وارد میدان ورامین شد. مردی از اتومبیل پیاده شد. به طرف پات رفت. دستی روی سر حیوان کشید. این مرد صاحب او نبود. پات گول نخورده بود؛ چون بوی صاحب خودش را خوب می‌شناخت؛ ولی چطور یک نفر پیدا شد که او را نوازش کرد؟ پات دمش را جنبانید و با تردید به آن مرد نگاه کرد. آیا گول نخورده بود؟ ولی دیگر قلّاده به گردنش نبود؛ برای اینکه او را نوازش بکنند. آن مرد برگشت. دوباره دستی روی سر او کشید. پات دنبالش افتاد و تعجّب او بیشتر شد؛ چون آن مرد داخل اطاقی شد که او خوب می‌شناخت و بوی خوراك‌ها از آنجا بیرون می‌آمد. روی نیمکت کنار دیوار نشست. برایش نان گرم، ماست، تخم‌مرغ و خوراکی‌های دیگر آوردند. آن مرد، تکّه‌های نان را به ماست آلوده می‌کرد و جلو او می‌انداخت. پات، اوّل به‌تعجیل، بعد آهسته‌تر، آن نان‌ها را می‌خورد و چشم‌های میشیِ خوش‌حالت و پر از عجز خودش را از روی تشکّر به صورت آن مرد دوخته بود و دمش را می‌جنبانید. آیا در بیداری بود و یا خواب می‌دید؟ پات یک شكم غذا خورد؛ بی‌آنکه این غذا با کتك قطع بشود. آیا ممكن بود یك صاحب جدید پیدا کرده باشد؟ با وجود گرما، آن مرد بلند شد. رفت در همان کوچهٔ برج، کمی آنجا مكث کرد. بعد از کوچه‌های پیچ واپیچ گذشت. پات هم به دنبالش، تا اینکه از آبادی خارج شد. رفت در همان خرابه‌ای که چند تا دیوار داشت و صاحبش هم تا آنجا رفته بود. شاید این آدم‌ها هم بوی مادهٔ خودشان را جستجو می‌کردند؟ پات کنار سایهٔ دیوار انتظار او را کشید؛ بعد از راه دیگر به میدان برگشتند.

آن مرد باز هم دستی روی سر او کشید و بعد از گردش مختصری که دور میدان کرد؛ رفت در یکی از این اتومبیل‌ها که پات می‌شناخت؛ نشست. پات جرئت نمی‌کرد؛ بالا برود. کنار اتومبیل نشسته بود؛ به او نگاه می‌کرد.

یک‌مرتبه اتومبیل میان گرد و غبار به راه افتاد. پات هم بی‌درنگ، دنبال اتومبیل شروع به دویدن کرد. نه، او این‌دفعه دیگر نمی‌خواست؛ این مرد را از دست بدهد. لَه‌لَه می‌زد و با وجود دردی که در بدنش حس می‌کرد؛ با تمام قوا دنبال اتومبیل شلنگ برمی‌داشت و به سرعت می‌دوید. اتومبیل از آبادی دور شد و از میان صحرا می‌گذشت. پات دو سه بار به اتومبیل رسید؛ ولی باز عقب افتاد. تمام قوای خودش را جمع کرده بود و جست‌وخیزهایی از روی ناامیدی برمی‌داشت؛ امّا اتومبیل از او تندتر می‌رفت. او اشتباه کرده بود؛ علاوه‌بر اینکه به دو اتومبیل نمی‌رسید؛ ناتوان و شکسته شده بود. دلش ضعف می‌رفت و یک‌مرتبه حس کرد که اعضایش از ارادهٔ او خارج شده و قادر به کمترین حرکت نیست. تمام کوشش او بیهوده بود. اصلاً نمی‌دانست چرا دویده. نمی‌دانست به کجا می‌رود. نه راه پس داشت و نه راه پیش. ایستاد؛ لَه‌لَه می‌زد. زبان از دهنش بیرون آمده بود. جلو چشم‌هایش تاریک شده بود. با سر خمیده، به‌زحمت خودش را از کنار جاده کشید و رفت در یک جوی کنار کشتزار، شکمش را روی ماسهٔ داغ و نمناك گذاشت و با میل غریزی خودش که هیچ‌وقت گول نمی‌خورد؛ حس کرد که دیگر از اینجا نمی‌تواند تکان بخورد. سرش گیج می‌رفت. افکار و احساساتش محو و تیره شده بود. درد شدیدی در شکمش حس می‌کرد و در چشم‌هایش، روشنایی ناخوشی می‌درخشید. در میان تشنّج و پیچ و تاب، دست‌ها و پاهایش

کم‌کم بی‌حس می‌شد. عرق سردی تمام تنش را فراگرفت. یك نوع خنکی ملایم و مكیّفی بود.

نزدیك غروب، سه كلاغ گرسنه بالای سر پات پرواز می‌كردند؛ چون بوی پات را از دور شنیده بودند. یكی از آن‌ها با احتیاط آمد؛ نزدیك او نشست. به‌دقّت نگاه كرد. همین كه مطمئن شد پات هنوز كاملاً نمرده است؛ دوباره پرید. این سه كلاغ برای درآوردن دو چشم میشی پات آمده بودند.

دُن ژوان کرج

نمی‌دانم چطور است بعضی اشخاص به اوّلین برخورد، جان در یک قالب می‌شوند. به قول عوام جور و اُخت می‌آیند و یک بار معرّفی کافی است؛ برای اینکه یکدیگر را هیچ‌وقت فراموش نکنند. در صورتی که برعکس، بعضی دیگر با وجودی که مکرّر به هم معرّفی می‌شوند و در مراحل زندگی سر راه یکدیگر واقع می‌گردند؛ همیشه از هم گریزان هستند؛ میان آن‌ها هرگز حس همدردی و جوشش پیدا نمی‌شود و اگر در کوچه هم به هم بربخورند؛ یکدیگر را ندیده می‌گیرند. دوستی بی‌جهت، دشمنی بی‌جهت! حالا این خاصیت را می‌خواهند اسمش را سمپاتی یا آنتی‌پاتی بگذارند و یا در اثر مغناطیس و روحیّهٔ اشخاص بدانند یا نه. آنهایی که معتقد به حلول ارواح هستند؛ دورتر رفته، می‌گویند که این اشخاص در زندگی سابق خودشان روی زمین دوست و یا دشمن بوده‌اند و به این جهت نسبت به هم متمایل و یا از هم متنفّرند؛ ولی هیچ‌کدام از این فرضیّات نمی‌تواند به آسانی معمّای بالا را حل بکند. این کشش و جوشش ناگهانی، نه مربوط به خصایل روحی است و نه ربطی با محاسن جسمانی دارد.

باری، یکی از این برخوردهای عجیب، چند شب پیش برایم اتّفاق افتاد. شب عید نوروز بود؛ تصمیم گرفته بودم برای احتراز از شرّ دید و بازدیدهای ساختگی و خسته‌کننده، سه روز تعطیل را بروم جای دنجی پیدا بکنم و برای خودم لم بدهم. هرچه فکر کردم؛ دیدم مسافرت دور صلاح نیست. به‌علاوه وقت هم اجازه نمی‌داد. از این رو قصد مسافرت کرج را کردم. بعد از تهیّهٔ

جواز، سر شب بود؛ رفتم در کافهٔ ژاله نشستم. سیگاری آتش زدم و در ضمن اینکه گیلاس شیر و قهوهٔ خودم را آهسته مزمزه می‌کردم و به تماشای آمد و شد مردم مشغول بودم؛ دیدم آدم تنومندی از دور به من اظهار خصوصیّت کرد و به طرفم آمد. دقّت کردم؛ دیدم «حسن شبگرد» است. ده سال، شاید بیشتر، می‌گذشت که او را ندیده بودم و غریب‌تر آنکه هر دومان یکدیگر را شناختیم. بعضی صورت‌ها کمتر تغییر می‌کند؛ بعضی بیشتر عوض می‌شود. صورت حسن عوض نشده بود. همان صورت خنده‌رو و ساده بود؛ ولی نمی‌دانم چه در حرکات و لباسش بود که ساختگی و غیرطبیعی به نظر می‌آمد. مثل اینکه خودش را گرفته بود.

من تا آن شب اسم خانواده‌اش را نمی‌دانستم. او خودش به من گفت. در مدرسه فقط به او «حسن خان» می‌گفتند. در حیاط مدرسه، موقع بازی و تفریح، حسن خان چهرهٔ زردنبو، استخوان‌بندی درشت و حرکات شل و ول داشت و به لباس خودش هیچ اهمّیّتی نمی‌داد. همیشه یخه‌اش باز و روی کفش‌هایش خاک نشسته بود و همان حالت لاأبالی به او بیشتر می‌آمد و رویش می‌افتاد؛ امّا خیلی زود عصبانی می‌شد و خیلی زود هم خشمش فروکش می‌کرد. از این جهت، بیشتر طرف تفریح و آزار بچّه‌های موذی واقع می‌شد و نمی‌دانم چرا اسمش را «حمّال» گذاشته بودند.

من همیشه از او دوری می‌کردم؛ مثل اینکه اختلاف مبهم و نامعلومی بین ما وجود داشت؛ ولی حالا با حالت مخصوص خودمانی که آمد سر میز من نشست؛ آن اکراه دیرینه و بی‌دلیل را مرتفع کرد و یا گذشتن زمان این

تباین مجهول را خودبه‌خود از بین برده بود؛ امّا فرقی که کرده بود؛ حالا چاق، خوشحال و گردن‌کلفت شده بود و از آن‌هایی بود که دور خودشان تولید شادی می‌کنند.

به محض ورود، به پیشخدمت کافه دستور داد؛ برایش عرق آوردند. گیلاس‌های عرق را پی‌درپی بالا می‌ریخت و در اثر استعمال عرق، یك جور خوشحالی موقّتی به او دست داد؛ ولی به‌واسطهٔ شهوت‌رانی زیاد، بیش از سنّش شکسته به نظر می‌آمد و خطّی که گوشهٔ لبش می‌افتاد؛ ناامیدی تلخی را آشکار می‌کرد. چیزی که غریب بود؛ به سر و وضع خود خیلی پرداخته بود؛ امّا جار می‌زد که ساختگی است. همین توی ذوق می‌زد. هر دقیقه برمی‌گشت؛ در آینه کراوات خودش را مرتّب می‌کرد. هرچه بیشتر کلّه‌اش گرم می‌شد؛ بیشتر صورتش بچّگانه و حالت لاابالی قدیم را به خود می‌گرفت.

بالأخره بدون مقدّمه به من گفت که مدّتی است؛ عاشق زنی شده، یعنی یک نفر آرتیست شهیر که خیلی فرنگی‌مآب و دولتمند است و تکرار می‌کرد که: «یک سال بود اونو از دور دوستش داشتم؛ ولی جرئت نمی‌کردم عشق خودم رو بهش اظهار بکنم؛ تا اینکه همین اواخر به‌طوری پیش‌آمد کرد که به هم رسیدیم!»

من پرسیدم: «عاشق موقّتی یا خیال داری بگیریش؟»

«اگر حاضر بشه که با من زندگی بکنه؛ البتّه که می‌گیرمش. چیزی که هس مخارجش زیاد می‌شه. هر شب که با هم به کافه می‌ریم؛ ده پونزده

تومن رو دسّم می‌گذاره. امّا من از زیر سنگم که شده پیدا می‌کنم. اگه شده هفت در رو به یه دیگ محتاج بکنم؛ مخارجش رو درمی‌آرم. چیزی که هَس، روی اصل عاشقیس. به شرط اینکه از همهٔ روابط سابق خودش دس بکشه. می‌دونی بردمش منزلمون به مادرم معرّفیش کردم. مادرم گفت: بیا تو خونهٔ ما بمون. اون گفت: دشمنت می‌یاد اینجا تو چار دیوار خودشو حبس بکنه. با این وضع ماهی دویست‌وپنجاه تومن خرج پانسیون دویست‌وپنجاه تومن خرج هتل و دانسینگ رو دسّم می‌گذاره. فردا شب بیا همین‌جا اونم با خودم می‌یارم ببین چطوره.»

«فردا شب من در کرج هستم.»

«راسّی می‌گی؟ برای نوروز می‌ری کرج؟ خودت تنها هسّی؟ چطوره منم اونو ورمی‌دارم می‌آم. راسش نمی‌دونسم چه کار بکنم. وانگهی، خرجش کمتر می‌شه. به‌علاوه تو مسافرت به اخلاق همدیگه بهتر آشنا می‌شیم؟»

«مانعی نداره؛ ولیکن جواز.»

«جواز لازم نیس. من صد مرتبه بی‌جواز کرج رفته‌ام. جواز نمی‌خواد. حالا فردا شب حریکت می‌کنی؟»

« صبح، ساعت ۹ دم دروازه قزوین هستم. از اونجا راه می‌افتیم.»

«منم می‌آم. درست سر ساعت ۹ با هم می‌ریم. پس من می‌رم به ضعیفه خبر بدم که خودش رو آماده بکنه.»

من از این اظهار صمیمیّت ناگهانی و دروغ و دَونگ‌هایی که برایم نقل کرد؛ تعجّب کردم. بالأخره از هم جدا شدیم و قرارمان برای صبح شد.

فردا صبح، سر ساعت ۹، حسن با معشوقه‌اش آمدند. خانم مثل نازنین‌صنم توی کتاب بود: لاغر، کوتاه، مژه‌های سیاه کرده، لب و ناخن‌های سرخ داشت. لباسش از روی آخرین مد پاریس بود و یک انگشتر برلیان به دستش می‌درخشید. مثل اینکه خودش را برای مهمانی شب‌نشینی آراسته بود. همین که خانم، اتومبیل فورد کهنه را دید؛ وحشت کرد و گفت: «من به خیالم اتومبیل شخصیس. من تا حالا با اتومبیل کرایه سفر نکرده بودم.» بالأخره سوار شدیم و اتومبیل به طرف کرج روانه شد.

حق به جانب حسن بود؛ از او جواز نگرفتند. جلو مهمان‌خانهٔ «عصر جدید» پیاده شدیم. هوا خنک بود و پالتو می‌چسبید. مهمان‌خانه ظاهراً عبارت بود از یک باغچهٔ گر گرفته با درخت‌های تبریزی درازِ سفید و یک ایوان دراز که یک رَج اطاق سفید کرده، متّحدالشکل داشت. مثل اینکه از توی کارخانه فورد درآمده باشد. هر اطاقی، سه تخت فنری با شَمَد و لحاف مشکوک داشت و یک آینه، سر طاقچه گذاشته بودند. پیدا بود که اطاق‌ها را برای مسافران موقّتی ترتیب داده بودند؛ چون اگر کسی در یکی از آن‌ها خودش را محبوس می‌کرد؛ به زودی حوصله‌اش سرمی‌رفت. چشم‌انداز جلوی ایوان، یک رشته‌کوه کبود بود و گنجشک‌های تغلی جاافتاده که از سرمای زمستان جان به سلامت برده بودند؛ با چشم‌های کلاپیسه شده و پرهای کز کرده، مثل اینکه از نسیم بهاری مست شده بودند؛ بی‌اراده، روی شاخه‌های تبریزی جست می‌زدند و یا از در و دیوار بالا می‌رفتند؛ به‌طوری که سر و صدای آن‌ها، تولید سرگیجه می‌کرد. ولی همهٔ این‌ها روی‌هم‌رفته

یك حالت سردستی و ییلاقی به مهمان‌خانه می‌داد که بدون لطف و
دل‌ربایی نبود.

همین که اطاق‌هایمان معیّن شد و گرد و غبار اتومبیل را از خودمان
گرفتیم؛ من رفتم در ایوان قدم می‌زدم و منتظر حسن و خانمش بودم.
یک‌مرتبه ملتفت شدم؛ دیدم از ته ایوان، یک نفر به من اشاره می‌کند. نزدیک
که آمد او را شناختم. این همان جوانی بود که هر شب در کافهٔ «پروانه» پَلاس
بود و در آنجا به او معرّفی شده بودم و رندان به طعنه اسمش را «دُن ژوان»
گذاشته بودند.

از این جوان‌های مَکُش مرگِ مای معمولی و تازه‌به‌دوران‌رسیدهٔ اداری بود.
لباسش خاکستری، شلوار چارلستون گشاد مد شش سال قبل پوشیده بود.
سرش غرق برییانتین بود و یك انگشتر الماس بدلی به دستش که ناخن‌های
مانیکور شده داشت؛ برق می‌زد. بعد از اظهار مرحمت گفت که: «سه روز
است در کرج مانده و خیال دارد؛ امشب به تهران برگردد.» قدری یواش‌تر
گفت: «برای خاطر یك دختر ارمنی اینجا آمده بودم؛ امروز صبح رفت!»

در این وقت حسن و خانمش، مثل طاووس مست از اطاق خارج شدند.
من ناچار، دن ژوان را به آن‌ها معرّفی کردم. بعد با هم رفتیم در اطاق، دور
میز نشستیم. حسن و خانمش ظاهراً از این مسافرت راضی و خشنود بودند.
خانم روی دوش حسن می‌زد و می‌گفت: «ما اصلاً یه‌جور سمپاتی به هم
داریم. همچین نیس؟ راسّی برای شما نگفتم؛ یه برادر دارم؛ مثل سیبی
که با حسن نِصب کرده باشن. امّا از وَختی که زن گرفت؛ از چشمم افتاد!

نمی‌دونین چه آفتی رو گرفته؛ من بالأخره مجبور شدم خونه‌ام رو جدا بکنم. صمیمیّت و اخلاق خوب رو من خیلی دوس دارم... قربون یك جو اخلاق خوب!»

گیلاس‌های خودمان را به سلامتی خانم بلند کردیم. دن ژوان پا شد؛ رفت از اطاق خودش یك گرامافون با چند صفحه آورد و شروع کرد به صفحه زدن. بعد، بدون مقدّمه خانم را به رقص دعوت کرد؛ نه یک بار، نه ده بار. من ملتفت نگاه‌های شرربار حسن بودم که دندان‌قروچه می‌رفت و ظاهراً به روی مبارکش نمی‌آورد.

بعد از ناهار، تصمیم گرفتیم که برویم قدری هواخوری بکنیم. از جادّهٔ چالوس، گردش‌کنان روانه شدیم. در راه، دن ژوان آهسته به من گفت: «امشب هم می‌مونم.» بعد مثل اینکه سال‌هاست خانم را می‌شناسد؛ با او گرم صحبت شد! از همه چیز و از همه‌جا اطّلاع داشت و حکایت‌های جعلی هم برای خانم نقل می‌کرد؛ به‌طوری که فرصت نمی‌داد که ما دو نفر هم اظهار حیاتی بکنیم!

حسن مثل اینکه تصمیم فوری گرفت؛ رفت کنار خانم که چیزی بگوید؛ ولی خانم به او تشر زد و گفت: «سرت رو بالا بگیر؛ این لك روی لباست چیه؟» حسن هراسان خودش را کنار کشید. دن ژوان پالتوی خودش را درآورد؛ روی دوش خانم انداخت. من نزدیك به آن‌ها شدم. دن ژوان، رودخانه گل‌آلود کنار جادّه و درخت‌هایی که از دور مثل چوب جارو از زمین درآمده بود؛ نشان می‌داد و می‌گفت: «چقد خوبه آدم بیاد این‌جور جاها زندگی

بکنه! این هوا، این رودخونه، این درختا که برای یه ماه دیگه جونه می‌زنه. شب مهتاب آدم بیاد کنار رودخونه یه گرامافون هم داشته باشه... حیف شد که دوربین عکّاسیم رو جا گذاشتم!»

از آبادی‌های نزدیك، مردهای دهاتی که لباس و آجیدهٔ نو پوشیده بودند و بچّه‌ها با لباس‌های رنگارنگ در آمد و شد بودند. خانم اظهار خستگی کرد. دن ژوان کنار رودخانه، محلّی را نشان داد. رفتیم روی سنگ‌ها نشستیم. آب گل‌آلود رودخانه باد کرده بود؛ زنجیروار موج می‌زد و گل‌ولای را با خودش می‌برد. جلو نظرمان را تپّه‌های خاکی و یک رشته کوه سرمازده گرفته بود. هوا نسبتاً گرم شده بود. دن ژوان لباسش را درآورد و در تمام مدّتی که آنجا نشسته بودیم؛ از معشوقهٔ خودش و عطر کتی، عشق و ناموس و رقص قفقازی صحبت می‌کرد و خانم با دهن باز، به حرف‌های صد تا یك غاز او گوش می‌داد. حرف‌های پوچ احمقانه؛ مثلاً می‌گفت: «یه شلوار از این بهتر داشتم؛ هفتهٔ پیش رفتم با یکی از رفقا سوار هواپیما شدم. وختی که خواستم پایین بیام؛ پام گرفت به سنگ، زمین خوردم. سر زانوم پاره شد. این شلوارو خیّاطی لوکس ۲۵ تومن برام دوخته بود. تمام پام مجروح شده بود. درشکه سوار شدم. رفتم مریض‌خونهٔ آمریکایی پیش ماكتاول. اون گفت: خدا بهت رحم کرده. اگه کندهٔ زانویت ضربت دیده بود؛ چلاق می‌شدی. سه روز خوابیدم؛ خوب شدم؛ امّا ازون بالا، شیروونی خونه‌ها آن‌قدر قشنگ پیدا بود! خونهٔ خودمونم ازون بالا دیدم. گنبد مسجد سپه‌سالار هم پیدا بود. آدما مورچه شده بودن؛ امّا وختی که هواپیما پایین می‌آد، دل آدم هُرّی تو می‌ریزه!...»

بالأخره، بعد از رفع خستگی، بلند شدیم و به طرف کرج برگشتیم. حسن و
دن ژوان که سر دماغ و شنگول بودند؛ به رنگِ قفقازی سوت می‌زدند. خانم
آمد برقصد؛ پاشنهٔ کفشش ورآمد. خانم تکرار می‌کرد: «این کفشو دو هفتهٔ
پیش از باتا خریده بودم!» دن ژوان که حاضرخدمت بود؛ با یک قلبه‌سنگ،
پاشنهٔ کفش را درست کرد. در حالی که خانم با دستش به او تکیه کرده بود.

حسن به من ملحق شد و برخلاف آنچه به من در کافه اظهار کرده بود؛
گفت: «اینم واسهٔ من زن نمی‌شه؟ باید ولش بکنم. من نمی‌تونم تنگه‌اش رو
خُرد بکنم۱. خونه‌مون که بند نمی‌شه هیچ، می‌خواد آزادم باشه؛ خیلی آزاد!»

نزدیک غروب که وارد مهمان‌خانه شدیم؛ چند بطری عرق، گرامافون و
مخلّفات جوربه‌جور روی میز را پر کرده بود.

دن ژوان گرامافون را به کار انداخت و پی‌درپی با خانم می‌رقصید. حسن
پکر و عصبانی، خون خونش را می‌خورد و به شوخی به او گوشه و کنایه می‌زد
که خالی از بغض نبود؛ می‌گفت: «جون ما راسّتش رو بگو؛ عاشق معشوقهٔ ما
شدی؟ بگو دیگه. ما طلاقش می‌دیم».

دن ژوان یک صفحه ویلون احساساتی گذاشت؛ آمد روی تختخواب
نشست و گفت: «بَه! من خودم نومزد دارم؛ تو گمون می‌کنی!...» از کیف
بغلش عکس دختر غمناکی را درآورد. می‌بوسید و به سر و رویش می‌مالید و
در چشم‌هایش اشک حلقه زد. مثل اینکه گریه توی آستینش بود.

۱- تنگه، زر و سیم و مس مسکوک و رایج و پول نقد. عبارت «تنگهٔ کسی را خرد کردن
نتوانستن» به معنای با زیادخواهی‌های او برنیامدن.

احساس رحم خانم به جوش آمد. بلند شد؛ رفت پیش دن ژوان نشست. حسن برای اینکه از رقص دن ژوان با خانمش جلوگیری بکند؛ از پیشخدمت ورق بازی خواست و دن ژوان را دعوت به بازی بلوت کرد. آن‌ها مشغول بلوت دو نفری شدند؛ ولی خانم که سر کیف بود و قِر توی کمرش خشك شده بود؛ گویا برای لج‌بازی با حسن، رفت یك صفحه گذاشت و مرا دعوت به رقص کرد. در میان رقص، حس کردم که خانم دست مرا فشار می‌داد و به من اظهار علاقه می‌کرد و دو سه بار صورتش را به صورت من چسبانید.

حسن فرصت را غنیمت دانسته بود؛ در بازی دقّ‌دلی و دل‌پُری خودش را سر دن ژوان خالی می‌کرد. جر می‌زد؛ داد می‌کشید؛ عصبانی شده بود. همین که رقص تمام شد؛ خانم رفت و یك سیلی آبدار به حسن زد و گفت: «برو گم‌شو! این چه ریختیه؟ عُقّم نشست. برو گم‌شو، عینهو یه حمّال!»

حسن با چشم‌های رك زده به او نگاه می‌کرد و بُغض بیخ گلویش را گرفته بود. بی‌اراده دستش را برد که کراوات خودش را درست بکند؛ ولی یخه‌اش باز بود. دن ژوان از بازی استعفا داد و دوباره با خانم شروع به رقص کرد. من زیرچشمی حسن را می‌پاییدم؛ دیدم بلند شد؛ از اطاق بیرون رفت. دن ژوان یك صفحهٔ تانگو گذاشت.

حسن وارد اطاق شد. نگاهی به اطراف انداخت. آمد دست مرا گرفت؛ از اطاق بیرون کشید. حس کردم که دستش می‌لرزید. زیر چراغ گاز ایوان، رگ‌های روی شقیقه‌هایش بلند شده بود؛ چشم‌هایش باز و لب پایینش ول شده بود. درست به ریخت لااُبالی زمانی که او را در مدرسه دیده بودم؛ درآمده

بود. همین‌طور که دست مرا گرفته بود؛ بریده بریده گفت: «دیشب که تو به من گفتی؛ من به خیالم فقط با تو هستم؛ تقصیر تو شد که اونو به من معرّفی کردی! خوب تو دیده و شناخته بودی؛ امّا اون بی‌اجازهٔ من با زنم می‌رقصه. این خلاف تمدّن نیس؟ تو بهش حالی کن که این اداهای لوس بچّگونه رو از خودش درنیاره. انگشتر بدلی خودش به رخ زن من می‌کشه؛ می‌گه ده‌هزار تومن برای معشوقهٔ خودم خرج کرده‌ام! عاشق می‌شه! پای صفحهٔ گرامافون گریه می‌کنه. به خیالش من خرم. وختی که می‌رقصه؛ چرا از من اجازه نمی‌خواد؟ همهٔ این‌ها رو من می‌فهمم؛ من از اون زرنگ‌ترم. منم خیلی از این عاشقی‌های کشکی دیدم. ببین تو اونو به من معرّفی کردی. می‌دونی این زن زیاد آزاده. من می‌دونسّم که نمی‌تونم زیاد باهاش زندگی بکنم؛ ولی همین الآن من می‌رم. دیگه اینجا بند نمی‌شم».

«ای بابا! یک شب، هزار شب نمی‌شه. حالا برو یک مشت آب به سر و روت بزن؛ از خر شیطون پایین بیا. عرق خوردی؛ پرت می‌گی. وانگهی شب اوّل ساله، بدشگونی می‌شه.»

ولی جواب من، اثر بدی کرد؛ مثل چیزی که حسن آتشی شد. به‌عجله رفت در اطاق خودش، از توی کیف خانم پول برداشت؛ به پیشخدمت مهمان‌خانه دستور داد که یک اتومبیل دربست برای شهر حاضر بکند؛ چون خیال داشت فی‌الفور حرکت بکند. اتّفاقاً در حیاط مهمان‌خانه یک اتومبیل ایستاده بود. دیوانه‌وار دور خودش را نگاه کرد. رفت بالای سر شوفر

خواب‌آلود. او را بیدار کرد و گفت: «همین الآن باید برم شهر، هرچی می‌خوای می‌دم. زود باش!»

حسن یخهٔ پالتوش را بالا کشید. رفت توی اتومبیل فورد نشست. شوفر چشم‌هایش را می‌مالید و به طرف اتومبیل می‌رفت. من به شوفر گفتم: «بیخود می‌گه. مست کرده؛ برو بخواب.»

شوفر هم از خدا خواست و برگشت که بخوابد. یک‌مرتبه خانم حسن، متغیّر، اخم‌هایش را در هم کشیده، آمد دم اتومبیل و رو کرد به حسن و گفت: «خاک تو سرت! تو اصلاً آدم نیسّی، مرده‌شور ریخت حمّالت رو ببرن!» (رویش را به من کرد). «از اوّلم من براش احساس ترحّم داشتم؛ نه عشق. این لایق زنی مثه زن برادرم بود. (دوباره به حسن) پا شو، پا شو بیا اینجا تو اطاق. باید حرفمو با تو تموم بکنم. می‌خوایی منو اینجا سر صحرا بگذاری؟ خاک تو سرت بکنن!»

حسن به حال شوریده بلند شد؛ رفت در اطاقش، روی تخت‌خواب افتاد. دست‌ها را جلو صورتش گرفت. هق‌وهق گریه می‌کرد و می‌گفت: «نه، نه. زندگی من بیخود شده... من می‌رم شهر... من زندگیم تموم شده... منو دیوونه کردی... باید برم، دیگه بسه!.. تا حالا گمون می‌کردم؛ زندگی من مال خودم نبوده؛ مال تو هم هس. نه... سر راه پیاده می‌شم؛ خودمو از بالای دزه پرت می‌کنم... دیگه بسه!»

حسن نه‌تنها جملات معمولی رمان‌های پست عشق‌آلود را تکرار می‌کرد؛ بلکه بازیگر آن‌ها شده بود. این آدم ظاهراً کلّه‌شق که از من رودربایستی

داشت و سعی می‌کرد؛ خودش را سیر و کهنه‌کار و غُد جلوه بدهد؛ یک‌مرتبه کنترل خود را گم کرد. موجود خوار و بیچاره‌ای شده بود؛ که عشق و ترحّم از معشوقه‌اش گدایی می‌کرد. این‌همه تودهٔ گوشت مچاله شده، شکنجه شده که مثل کوه روی تخت غلتیده بود؛ درد می‌کشید! و یك نوع درد خودپسندی بود و درعین‌حال جنبهٔ مضحك و خنده‌آور داشت. در صورتی که خانم به برتری خودش مطمئن بود؛ فتح خود را به آواز بلند می‌خواند. به حال تحقیرآمیز دستش را به کمرش زده بود و می‌گفت: «برو گم‌شو، احمق! نمی‌دونسّم تو اِنقد احمقی. (رویش را به من کرد) نگاهش بکنین، عینهو یه حمّال! آقا به اصرار من یه خورده سر و وضعش رو تمیز کرد. ببینین به چه ریختی افتاده! من نمی‌دونسّم انقد احمقه وگرنه هرگز نمی‌اومدم؛ افسوس. تو مسافرت اخلاق خوب معلوم می‌شه. ببینین چطور افتاده رو تختخواب؟ این حالت طبیعیشه. اگه جون به جونش بکنن حمّاله. چه اشتباهی کردم! خوب شد زودتر فهمیدم؛ من هرگز نمی‌تونم با این زندگی بکنم!»

با دستش حرکت تحقیرآمیزی کرد که مفهومش «خاک تو سرت» بود. حسن هق‌وهق و گریه می‌کرد. همین که من دیدم کار به جای نازك کشیده، از اطاق بیرون آمدم و آن‌ها را تنها گذاشتم. رفتم در اطاق دن ژوان؛ دیدم همه چیزها ریخته و پاشیده، سوزن به ته صفحه رسیده، تق‌وتق صدا می‌کند.

دن ژوان با رنگ پریده، سیاه‌مست، روی تخت افتاده بود. من تکانش دادم. او گفت: «چه خبره؟ دعواشون شده؟ تقصیر من چیه؟ خودش به من اظهار علاقه کرد. گفت: تو رو دوس دارم. نه، گفت: به تو سمپاتی دارم. این

حسن مثه حمّالاس. دس منو تو رقص فشار می‌داد و دو بارَم ماچم کرد. من هیچ خیالی براش نداشتم. یه موی نومزدمو نمی‌دم؛ هزار تا از این زنا بگیرم. ندیدی پیش از اینکه بلوت بازی بکنم؛ رفتم بیرون؛ برای این بود که به جای سرخاب لب خانمو از رو صورتم پاك بکنم.»

«نه، به این سادگی هم نیس، آخر منم می‌دیدم.»

«اوه! آش دهن‌سوزی نیس که. حکایتش مثه حکایت همهٔ زن‌های عفیفیس که اوّل فرشتهٔ ناکام، پرندهٔ بی‌گناه، مجسّمهٔ عصمت و پاک‌دامنی هسن. انوخت یه جوون سنگ‌دل شقی پیدا می‌شه. اونا رو گول می‌زنه! من نمی‌دونم! چرا انقد دخترای ناکام گول جوون‌های سنگ‌دل رو می‌خورن و برای دخترای دیگه عبرت نمی‌شه. امّا همین خانوم، هفتا جوون جنایتکارو دم چشمه می‌بره و تشنه برمی‌گردونه...»

دن ژوان نسبت به قضایایی که مربوط به او می‌شد؛ کیکش نمی‌گزید و کاملاً برایش طبیعی بود. من فهمیدم که حرف‌های بی‌سر و ته، اداهای تازه به دوران رسیده، اطوارش، دروغ‌های لوس و تملّق‌های بی‌جایی که می‌گفت؛ قرت انداختن و خودآراییش کاملاً بی‌اراده و از روی قوّهٔ کوری بود که با محیط و طرز محیط او وفق می‌داد. او حقیقتاً یك دن ژوان محیط خودش بود؛ بی‌آنکه خودش بداند.

صبح درِ اطاقم را زدند؛ در را باز کردم. خانم حسن، چمدان به دست وارد شد و گفت:

«الآن... من می‌رم قزوین پیش خواهرم. هیچ می‌دونین که حسن شبونه رفت؟ من اومدم از شما خداحافظی بکنم.»

«خیلی متأسفم! ولی صبر بکنین با هم می‌ریم؛ حسنو پیدا می‌کنیم.»

«هرگز، من دیگه حاضر نیسّم توی روی حسن نگاه بکنم. مرده‌شور ترکیبش رو ببرن. می‌رم پیش خواهرم. اون منو گول زد؛ آورد اینجا، بعد شبونه فرار می‌کنه!»

بی‌آنکه منتظر جواب من بشود؛ از اطاق بیرون رفت.

پنج دقیقه بعد، دن ژوان با چمدانی که گویا فقط محتوی یک گرامافون بود؛ برای خداحافظی آمد دم اطاقم. من گفتم: «تو دیگه کجا می‌ری؟»

«من کار دارم؛ باید برم شهر. دیشبم بیخود موندم.»

او هم خدا نگهداری کرد و رفت. علی ماند و حوضش! ولی من تعجیلی به رفتن نداشتم. گنجشک‌ها با جار و جنجال، چشم‌های کلاپیسه بیدار شده بودند. گویا نسیم بهاری آن‌ها را مست کرده بود. من به فکر قضایای عجیب و غریب دیشب افتادم و فهمیدم که این قضایا هم مربوط به نسیم مست‌کنندهٔ بهاری بوده و رفقای من هم مثل گنجشک‌های مست شده بودند.

بعد از صرف ناشتایی، به قصد گردش از مهمان‌خانه بیرون رفتم. دیدم یک اتومبیل لکنته، بدتر از اتومبیلی که ما را به کرج آورده بود؛ به‌زحمت و با سروصدا، از جلو مهمان‌خانه رد می‌شد. ناگهان چشمم به مسافرین آن افتاد؛ از پشت شیشه، دن ژوان و خانم حسن را دیدم که پهلوی هم نشسته، گرم صحبت بودند و اتومبیل آن‌ها به طرف جادهٔ قزوین می‌رفت.

بن‌بست

شریف با چشم‌های متعجّب، دندان‌های سفید محکم و پیشانی کوتاه که موی انبوه سیاهی دورش را گرفته بود؛ بیست‌ودو سال از عمرش را در مسافرت به سر برده و با چشم‌های متعجّب‌تر، دندان‌های عاریه و پیشانی بلند چین‌خورده که از طاسی سرش وصله گرفته بود و با حال بدتر و کورتر به شهر مولد خود عودت کرده بود. او در سن چهل‌وسه سالگی پس از طی مراحل ضَبّاطی، دفترداری، کمک‌محاسب و غیره به ریاست مالیهٔ آباده انتخاب شده بود. شهری که در آنجا به دنیا آمده و ایّام طفولیّت خود را در آنجا گذرانیده بود؛ زیرا همین که شریف به سنّ دوازده رسید؛ پدرش به اسم تحصیل او را به تهران فرستاد. پس از چندی وارد مالیه شد و تا کنون زندگی خانه‌به‌دوشی و سرگردانی دور ولایات را به سر می‌برد. حالا به‌واسطهٔ اتّفاق و یا تمایل شخصی به آباده مراجعت کرده بود و بدون ذوق و شوق، در خانهٔ موروثی و یا در اداره مشغول کشتن وقت بود.

صبح خیلی دیر بیدار می‌شد؛ نه از راه تن‌پروری و راحت‌طلبی، بلکه فقط منظورش گذرانیدن وقت بود. گاهی ویرش می‌گرفت؛ اصلاً سر کار نمی‌رفت؛ چون او نسبت به همه‌چیز بی‌اعتنا و لاابالی شده بود و به همین جهت، از سایر رفقای همکارش که پررو و زرنگ و دزد بودند؛ عقب افتاده بود. چیزی که در زندگی باعث عقب افتادن او شده بود؛ عرق و تریاک نبود؛ بلکه خوش‌طینتی و دل‌رحیمی او بود. اگرچه شریف برای امرار معاش، احتیاجی به پول دولت نداشت و پدرش به قدر بخور و نمیر برای او گذاشته بود که

به اصطلاح تا آخر عمرش آب باریکی داشته باشد و شاید اگر گشادبازی نمی‌کرد و پیروی هوا و هوس را نکرده بود؛ بیشتر از احتیاج خودش را هم داشت؛ ولی از آنجایی که او تفریح و سرگرمی شخصی نمی‌توانست برای خودش اختیار بکند و از طرف دیگر، نشستن پشت میز اداره برای او عادت ثانوی و یک نوع وسواس شده بود؛ از این رو مایل نبود که میز اداره را از دست بدهد.

پس از مراجعت، همه‌چیز به نظر شریف، تنگ، محدود، سطحی و کوچك جلوه می‌کرد. به نظرش همهٔ اشخاص، سائیده شده و کهنه می‌آمدند و رنگ و روغن خود را از دست داده بودند. امّا چنگال خود را بیشتر در شکم زندگی فروبرده بودند؛ به ترس‌ها، وسواس‌ها و خرافات و خودخواهی آن‌ها افزوده شده بود. بعضی از آن‌ها کم و بیش به آرزوهای محدود خودشان رسیده بودند. شکمشان جلو آمده بود، یا شهوت آن‌ها از پایین‌تنه به آرواره‌هایشان سرایت کرده بود و یا در میان گیر و دار زندگی، حواس آن‌ها متوجّه کلاه‌برداری، چاپیدن رعایای خود، محصول پنبه و تریاك و گندم و یا قنداق بچّه و نِقرِس کهنهٔ خودشان شده بود. خود او آیا پیر و ناتوان نشده بود و با منقل و وافور و بطری عرق به امید استراحت به شهر مولد خود برنگشته بود؟ خواهر کوچکش که در موقع آخرین ملاقات با او آن‌قدر تر و تازه و جوان سرزنده به نظر می‌آمد؛ حالا شوهر کرده بود؛ چند شکم زاییده بود؛ چین و چروك خورده بود. شیارهایی مثل جای پنجهٔ کلاغ، گوشهٔ چشمش دیده می‌شد که با سکوت بلیغی، به منزلهٔ آینهٔ پیری خود شریف به شمار

می‌رفت. حتّی شهر سرخ گلی و خرابه‌ای که گویا به طعنه، آباده می‌نامیدند؛ برای او یك حالت تهدیدکننده داشت.

شاید دنیا تغییر نکرده بود و فقط در اثر پیری و ناامیدی، همه‌چیز به نظر او گیرندگی و خوش‌رویی جادویی ایّام جوانی را از دست داده بود. فقط او دست خالی مانده بود؛ در صورتی که آن‌های دیگر زندگی کرده بودند. سال‌ها گذشته بود و هر سال مقداری از قوای او از یك منفذ نامرئی بیرون رفته بود؛ بی‌آنکه ملتفت شده باشد. به‌جز چند یادبود ناکام و یکی دو رسوایی و کوشش‌های بیهوده، چیز دیگری برایش نمانده بود. او فقط لاشهٔ خود را از این سوراخ به آن سوراخ کشانیده بود و حالا انتظار روزهای بهتری را نداشت.

در اداره، تمام وقت شریف، پشت میز قهوه‌ای رنگ‌پریده، در اطاق بالاخانهٔ ادارهٔ مالیه می‌گذشت. خمیازه می‌کشید؛ لغت لاروس را ورق می‌زد و عکس‌های آن را تماشا می‌کرد؛ سیگار می‌کشید یا سرسرکی به کاغذهای اداره رسیدگی می‌کرد و یك امضای گل و گشادی زیرش می‌انداخت؛ ولی در خارج از اداره برخلاف رؤسای ادارات که شب‌ها دور هم جمع می‌شدند و بساط قمار را دائر می‌کردند؛ او با همکاران و رؤسای سایر ادارات مراوده و جوششی نشان نمی‌داد. کناره‌گیری و گوشه‌نشینی را اختیار کرده بود. در منزل، وقت خود را به باغبانی و سبزی‌کاری می‌گذرانید. بیشتر وقت او صرف بساط فور و تشریفات آن می‌شد. بعد از آنکه غلامرضا منقل برنجی را آتش می‌کرد و زیر درخت بید، کنار استخر روی سفرهٔ چرمی می‌گذاشت؛ شریف جعبهٔ هزارپیشهٔ خود را که محتوی آلات وافور بود؛ به دقّت باز می‌کرد

و اسباب فور و بطری کوچك عرق را مرتّب دور خودش می‌چید و با تفنّن مشغول می‌شد. گاهی غلامرضا مطیع و ساکت و سر به زیر می‌آمد و به او تریاك می‌داد؛ مثل اینکه مشغول انجام مراسم مذهبی می‌باشد.

غلامرضا پیر مرد لهیده‌ای بود که جزو اثاثیهٔ خانه به شمار می‌رفت و مثل یك سگ به صاحبش وفادار مانده بود. از آن آدم‌های قدیمی خوش‌رو و بی‌آزار بود که برای هرگونه فداکاری در راه اربابش مضایقه نداشت. فقط او بود که به وسواس‌های شریف آشنا بود و می‌توانست مطابق میلش رفتار بکند؛ چون شریف وسواس شدیدی به تمیزی داشت؛ دائم دست و صورتش را می‌شست و به همه‌چیز ایراد می‌گرفت. غلامرضا توجّه مخصوصی در شستن گیلاس آب، حوله، ملافه و جارو زدن اطاق‌ها مبذول می‌داشت تا مطابق میل اربابش رفتار کرده باشد.

شریف پس از پایان تشریفات و مراسم، وافور و حقّهٔ چینی، چوب کهور و حتّی تخته‌نرد سفری را که هر دفعه بی‌جهت بیرون می‌آورد؛ به دقّت پاک می‌کرد و با سلیقهٔ مخصوصی در خانه‌بندی‌های جعبهٔ سفری می‌گذاشت. بعد، آلبوم عکس را که مثل چیز مقدّسی، جلد تافته گرفته بود؛ با احتیاط در می‌آورد؛ ورق می‌زد. مثل اینکه تماشای آلبوم، متمّم و مکمّل نشئهٔ تریاك بود. این آلبوم سینمای زندگی، تمام گذشتهٔ او بود. همهٔ رفقا و اشخاصی که در طیّ مسافرت‌هایش با آن‌ها آشنا شده بود؛ عکس آن‌ها در این آلبوم وجود داشت و یادبودهای دور و تأثّرانگیزی در او تولید می‌کرد.

تفریح دماغی شریف، دیوان حافظ، کلیّات سعدی بود که سرحدّ دانش مردم متوسّط به شمار می‌رود. امّا در طیّ تجربیّات تلخ زندگی، یک نوع زندگی و تنفّر نسبت به مردم حس می‌کرد و در معامله با آن‌ها قیافهٔ خون‌سردی را وسیلهٔ دفاع خود قرار داده بود. علاوه‌بر این یک کبک دست‌آموز داشت که به پایش زنگوله بسته بود. برای اینکه گم نشود؛ یک سگ لاغر هم برای پاسبانی کبک نگه داشته بود که در مواقع بیکاری همدم او بودند. مثل اینکه از دنیای پُر تزویر آدم‌ها به دنیای بی‌تکلّف، لاابالی و بچّگانهٔ حیوانات پناه برده بود و در انس و علاقهٔ آن‌ها، سادگی احساسات و مهربانی که در زندگی از آن محروم مانده بود؛ جستجو می‌کرد.

یک روز طرف عصر که شریف پشت میز اداره مشغول رسیدگی به دوسیهٔ قطوری بود؛ در باز شد و جوانی وارد اطاق گردید که از تهران به‌عنوان عضو مالیهٔ آباده مأموریت داشت و کاغذ سفارش‌نامهٔ خود را به دست شریف داد. شریف همین که سر خود را از روی دوسیه بلند کرد و او را دید؛ یکّه خورد. به‌طوری حالش منقلب شد که به‌زحمت می‌توانست؛ از تغییر حالت خود جلوگیری بکند. مثل اینکه یک رشتهٔ نامرئی که به قلب او آویخته بود؛ دوباره کشیده شد و زخمی که سال‌ها التیام پذیرفته بود؛ از سر نو مجروح گردید. دنیا به نظرش تیره و تار شد؛ یک پردهٔ کدر و مه‌آلود جلو چشمش پایین آمد و منظرهٔ محو و دردناکی روی آن پرده نقش بست. آیا چنین چیزی ممکن بود؟ شریف، این جوان را در یک خواب عمیق، در خواب دورهٔ جوانی‌اش دیده بود و بهترین دورهٔ زندگی‌اش را با او گذرانیده بود. بیست‌ویک سال قبل، این

پیش‌آمد رخ داد و بعد او مانند یك چیز ظریف شكننده كه مربوط به این دنیا نبود؛ از جلو چشمش ناپدید شد.

شریف نمی‌توانست باور بكند؛ در صورتی كه خودش پیر و شكسته‌شده و در انتظار مرگ بود؛ چطور این جوان از دنیای مجهولی كه در آن رفته بود؛ جوان‌تر و شاداب‌تر جلو او سبز شده بود. احساس مبهمی كه مربوط به یادبود دردناک رفیقش می‌شد؛ قلب او را فشرد. به‌زحمت آب دهن خود را فروداد؛ خرخرهٔ برجستهٔ او حركت كرد و دوباره سر جای اوّلش قرار گرفت.

شریف این جوان را خوب می‌شناخت؛ با او در یك مدرسه بود؛ وقتی كه سن حالای او را داشت. نه‌تنها شباهت جسمانی و ظاهری او با محسن، رفیق و هم‌شاگردی او كامل بود؛ بلكه صدا، حركات بی‌اراده، نگاه گیج و طرز سینه صاف كردن او، همه شبیه رفیق ناكامش بود؛ امّا در قیافه‌اش آثار تزلزل و نگرانی دیده می‌شد. به نظر می‌آمد كه روح او از قید قوانین زندگی مردمان معمولی رسته بود؛ به‌همین‌جهت یك حالت بچّگانه و دمدمی داشت.

شریف كاغذ سفارش‌نامه را جلو چشمش گرفت؛ ولی نمی‌توانست آن را بخواند. خط‌ها جلو او می‌رقصیدند. فقط اسم او را كه مجید بود؛ خواند. با خودش زیر لب تكرار می‌كرد: «باید این اتّفاق بیفتد!» از آنجایی كه همیشه در كارهای شریف گراته می‌افتاد و مثل این بود كه قوّهٔ شومی پیوسته او را دنبال می‌كند. در موقع تعجّب، این جملهٔ جبری را با خودش تكرار می‌كرد.

در زندگی یکنواخت او و روزهایی که می‌دانست؛ مانند کلیشه قبلاً تهیّه شده و با نظم عقربك ساعت به حركت افتاده بود؛ این پیش‌آمد خیلی غریب به نظر می‌آمد. بالأخره پس از اندكی تردید، با لحن خیرخواهانه‌ای که از شدّت اضطراب می‌لرزید؛ از مجید، اسم پدرش را پرسید. بعد از آنکه مطمئن شد که مجید پسر محسن است؛ به او گفت که با پدرش از برادر صمیمی‌تر بوده و در یك مدرسه تحصیل می‌کرده‌اند و در اداره همکار بوده‌اند. سپس افزود: «مرحوم ابوی شما، حق برادری به گردن من دارد. شما به جای پسر من هستید. وظیفهٔ من است که شما را به منزل خودم دعوت بکنم».

بالأخره تصمیم گرفت که قبل از پایان وقت اداری، مجید را به منزل خود راهنمایی بکند. اثاثیه و تخت سفری او را پیشخدمت اداره برداشت و به طرف منزل شریف رهسپار شدند. از میان دیوارهای گلی سرخ و چند خرابه که دورش چینه کشیده شده بود؛ رد شدند. در طی راه، شریف از مراتب دوستی و یگانگی خودش با پدر او صحبت می‌کرد، تا اینکه وارد خانهٔ بزرگ آبرومندی شدند که جوی آب و دار و درخت داشت و یك استخر بزرگ بی‌تناسب، بیشترِ فضای باغ را اشغال کرده بود. این باغچه در مقابل منظرهٔ خشك و بی‌روح شهر، به منزلهٔ واحه در میان صحرا به شمار می‌آمد.

شریف با قدم‌های مطمئن‌تر و حالت سرشارتر از معمول راه می‌رفت؛ زیرا برای او این سرپرستی ناگهانی، نه‌تنها یك نوع انجام وظیفه نسبت به دوست مرده‌اش بود؛ بلکه از آن یك جور لذّت مخصوصی می‌برد. یك نوع احساس

تشکّر و قدردانی از رفیق مرده‌اش در او پیدا شده بود که پس از مرگش، بعد از سال‌ها دوباره تغییر گوارایی در زندگی یکنواخت او داده بود. برای اوّلین بار از سرنوشت خودش راضی بود.

همین که وارد شدند؛ شریف به غلامرضا دستور داد که تختخواب مجید را در اطاق پذیرایی بزند. سالون او عبارت از اطاق دنگالی بود که از قالی مفروش شده بود و یک رج درگاه به درازی آن دیده می‌شد و قرینهٔ درگاه‌ها، طرف مقابل، پنج در رو به ایوان داشت. میز بزرگی وسط اطاق گذاشته بودند که از قالی پوشیده شده بود. یك جعبهٔ قلم‌زدهٔ شش ترك کار آباده روی میز و چند صندلی دور آن بود.

شریف به عادت معمول لباسش را درآورد. با پیراهن و زیرشلواری به اطاق شخصی خودش رفت. پیش از اینکه جلو بساط وافور بنشیند؛ جلو آینه رفت. این آینه که هر روز بر سَبیل عادت جلو آن موهای تُنُك سر خود را شانه می‌زد و نگاه سرسرکی به خود می‌انداخت. این‌دفعه بیش از معمول به صورت خود دقیق شد. دندان‌های طلایی، پای چشم چین‌خورده، پوست سوخته و شانه‌های تورفتهٔ خود را از روی ناامیدی برانداز کرد. نفسش پس رفت. به نظرش آمد که همیشه آن‌قدر کریه بوده. یك‌جور نفرین، یك‌جور بغض گنگ نسبت به بیدادی دنیا و همهٔ مردمان حس کرد. یک نوع کینهٔ مبهم نسبت به پدر و مادرش حس کرد که او را به این ریخت و هیکل پس انداخته بودند! اگر هرگز به دنیا نیامده بود؛ به کجا برمی‌خورد. اگر پررو و خوش‌مشرب و سرزبان‌دار و بی‌حیا مثل دیگران بود؛ حالا یادبودهای گواراتری

برای روز پیری‌اش اندوخته بود. آب دهنش را فروداد. خرخرهٔ او حرکت کرد و دوباره سر جای اوّلش ایستاد. درهمین‌وقت مجید وارد شد. هر دو سر بساط نشستند. شریف مشغول کشیدن وافور شد و در ضمن صحبت، وعده و وعید به مجید می‌داد که ورود او را به مرکز اطلاع خواهد داد و یکی دو ماه دیگر برایش تقاضای اضافه حقوق خواهد کرد.

شام را زودتر خوردند و قبل از اینکه مجید برود؛ شریف پیشانی او را بوسید. مجید این حرکت را بدون تعجّب یا اکراه، به‌طور خیلی طبیعی تلقّی کرد. شریف با خودش تکرار کرد: «چه غریب است! بایستی این اتّفاق بیفتد؛ بایستی!...» با دست لرزان، آلبوم عکس را که یگانه نمایندهٔ تحوّلات مرتّب و مطمئن قیافهٔ او بود؛ برداشت. با دستمال، رویش را پاک کرد؛ جلو چراغ ورق می‌زد. در عکس بچّگی‌اش که پهلوی خواهرش ایستاده بود؛ لباس چروک‌خورده، نگاه متعجّب داشت و لبخند زورکی زده بود. مثل اینکه می‌خواست خبر ناگواری را پنهان بکند. عکسی که با شاگردان مدرسه برداشته بود؛ همین چشم‌های متعجّب را داشت، به اضافهٔ یک‌جور دلهره و هیجان در قیافه‌اش دیده می‌شد که سعی کرده بود؛ لاپوشانی بکند. عکس فوری که در گاردن پارتی با محسن، پدر مجید انداخته بود؛ چشم‌های متعجّب داشت. ولی این تعجّب عمیق‌تر شده بود؛ مثل اینکه در خودش فرورفته بود. رنگ عکس پریده بود. نگاهش دور و ناامید به نظرش جلوه کرد و دستش را روی شانهٔ محسن گذاشته بود. در آن‌وقت چهارده، پانزده سال بیشتر نداشت. قیافهٔ محسن محو و لغزنده به نظرش آمد؛ مثل چیز دمدمی و موقّت که محکوم به نابود شدن است. این عکس را پسندیده که موهای

مرتّب روی سرش بود و روی‌هم‌رفته وضع آبرومندتری از عکس‌های دیگر داشت؛ به دقّت آن را از توی آلبوم درآورد. عکس آخری که در مازندران با محسن برداشته بود. محسن کاملاً شبیه مجید بود؛ امّا خود شریف با ریشی که چند روز نتراشیده بود و نگاه متعجّبش، مثل این بود که انتظار انهدام نسل بشر را می‌کشید؛ حالت سخت و زننده‌ای داشت که نپسندید. بعد به عکس‌هایی که در ولایات مختلف با اعضای ادارات و یا اشخاص دیگر برداشته بود؛ دقّت کرد. نه‌تنها این اشخاص مطابق یادبودی که در او گذاشته بودند؛ در مقابلش مجسّم می‌شدند؛ بلکه همهٔ آن‌ها را می‌دید و صدایشان را می‌شنید و نمی‌توانست آن قسمت از گذشته را دور بیندازد؛ فراموش بکند؛ چون این یادبودها جزو زندگی او شده بود.

تماشای این عکس‌ها امشب تأثیر غریبی در او گذاشت. احساس دردناک و خشنی بود؛ به‌طوری که نفسش پس رفت. یك رشته عدم موفقیت، دوندگی‌های بیهوده و عشق‌های ناکام جلو او مجسّم شد. شریف لب‌هایش می‌لرزید؛ نگاهش خیره بود. در رختخواب که دراز کشید و پلک‌هایش را به هم فشرد؛ یك صف از رفقایش جلو او ردیف ایستاده بودند که آخرش محو می‌شد. همه این صورت‌ها از پشت ابر و دود موج می‌زدند؛ در میان دود می‌لغزیدند و یك زندگی جادویی به خود گرفته بودند. در آن میان محسن، رفیق هم‌مدرسه‌اش، از همه دقیق‌تر و زنده‌تر بود. فقط او بود که تأثیر فراموش‌نشدنی در شریف گذاشته بود و ورود ناگهانی مجید و شباهت عجیب او با پدرش این تأثیر را شدیدتر کرده بود. آیا مرگ ناگهانی محسن که جلو چشمش ورپریده، زندگی او را زهرآلود نکرده بود؟ و از این به بعد در آخر

هر مجلس کیفی، ته‌مزّۀ خاکستر در دهنش می‌ماند و احساس خستگی و زدگی می‌کرد.

چیزی که در زندگی باعث ترس شریف شده بود؛ قیافۀ زشتش بود. از این رو نسبت به خودش یک نوع احساس مبهم پستی می‌کرد و می‌ترسید به کسی اظهار علاقه بکند و مسخره بشود. گویا فقط محسن بود که به نظر می‌آمد با صمیمیّت و یگانگی مخصوصی به او اظهار دوستی می‌نمود. مثل اینکه ملتفت زشتی ظاهری او نبود یا به روی خودش نمی‌آورد و یا اصلاً شیفتۀ صفات اخلاقی و نکات روحی او شده بود. یک جور عشق و ارادت برادرانه، یك نوع گذشت در مقابل او ابراز می‌داشت و گاهی که نسبت به دیگران همین صمیمیّت را نشان می‌داد؛ باعث حسادت شریف می‌شد. حضور محسن، یك نوع حس پرستش زیبایی در او تولید می‌کرد؛ صورتش، نگاهش، حرکات بی‌تکلّفش، حتّی عادتی که داشت؛ همیشه مداد کپی را زبان بزند و گوشۀ لبش جوهری بود و حتّی قهرهایی که سر چیزهای پوچ از هم کرده بودند؛ برایش همۀ این‌ها پر از لطف و کشش شاعرانه بود. آن‌وقت هر دو آن‌ها شانزده سال داشتند؛ یادش افتاد یک روز عصر، موقع امتحانات آخر سال بود. بعد از مذاکره، خسته و کسل، هر دو به قصد گردش تا بهجت‌آباد رفتند. هوا گرم بود. محسن که علاقۀ مخصوصی به شنا داشت؛ دم استخر بهجت‌آباد لخت شد تا آب‌تنی بکند. آب استخر سرد بود؛ بعد هم چند رهگذر سررسیدند. محسن از شنا صرف‌نظر کرد. برگشت خندید و نگاه گیج شرمندۀ خود را به صورت شریف دوخت. بعد، دستپاچه رخت‌هایش را پوشید. آمد کنار جوی، پهلوی شریف نشست و دستش را

روی شانهٔ او گذاشت. این حرکت خودمانی و طبیعی، برای شریف، حکم یك نوع کیف عمیق و گوارایی را داشت و حس کرد که جریان برق و حرارت ملایمی بین آن‌ها رد و بدل می‌شد. شریف آرزو می‌کرد که تا مدّت طویلی به همین حال بمانند؛ امّا محسن سر خود را نزدیك او برد؛ به‌طوری که شریف، نفسش را روی صورت خود حس کرد و گفت: «من کار دارم. زود برگردیم.»

شریف گرچه سعی کرد که حرکت طبیعی بکند؛ ولی با ترس و اضطراب روی پیشانی محسن را بوسید. همان‌جوری که وقتی بچّه بود؛ روز عید نوروز، پدربزرگش او را می‌بوسید. یعنی لب‌های خود را به پیشانی او می‌مالید و برمی‌داشت. پیشانی محسن سرد بود. بعد بلند شدند. محسن این حرکت بی‌تناسب و اظهار علاقهٔ او را بدون تعجّب تلقّی کرد؛ مثل اینکه باید این‌طور اتّفاق بیفتد!

هنگام مراجعت، شریف برای اینکه دل محسن را به دست آورده باشد؛ ساعت «مکب» طلایی که پدرش به او داده بود و چندین‌بار محسن با اشتیاق و کنجکاوی بچّگانه‌ای آن را برانداز کرده بود؛ درآورد به محسن بخشید. محسن بی‌آنکه از او توضیحی بخواهد و یا تشکّر بکند؛ ساعت را گرفت. نگاه گیجی به آن انداخت. شادی ساده و بچّگانه‌ای در صورتش درخشید؛ بعد آن را در جیبش گذاشت. همان روز در بین راه، محسن از روی بی‌میلی برای شریف گفت که پدرش خیال دارد؛ به او زن بدهد. این خبر تأثیر سختی در شریف کرد؛ زیرا قلبش گواهی داد که از یکدیگر جدا خواهند شد. شریف کینه و حسادت شدیدی نسبت به زن ندیده و

نشناختهٔ محسن حس کرد. اگرچه چند بار دیگر هم محسن با شریف به استخر بهجت‌آباد آمد و شنا کرد؛ امّا مانعی در دوستی آن‌ها تولید گردیده بود؛ فاصله‌ای بین آن‌ها پیدا شده بود.

بعد از امتحانات، محسن عروسی کرد. از این سرونه به بعد میان دو رفیق جدایی افتاد و به‌ندرت یکدیگر را می‌دیدند. ابتدا شریف از محسن متنفّر شد؛ ولی از آنچه رفیقش را سرزنش می‌کرد؛ به سر خودش آمد؛ چون در همین اوان، مسافرتی به‌عنوان دیدار خویشانش به آباده کرد. در آنجا اقوامش دور او را گرفتند و وادار شد که دخترخاله‌اش را بگیرد؛ یعنی با در نظر گرفتن الحاق املاك شریف به املاك عفّت که از پدرش ارث برده بود و از این قرار املاک پدرش که در سورمك نزدیك گنبد بهرام واقع شده بود؛ به املاك زنش متّصل می‌شد؛ امّا شریف به‌هیچ‌وجه کلّهٔ محاسبه و برآوردهای اقتصادی را نداشت. بالأخره مراسم عقد با سرعت مخصوصی انجام گرفت. همین که شریف را با عروس دست به دست دادند و در اطاق تنها ماندند؛ عفّت شروع به خنده کرد. یک‌جور خندهٔ تمام‌نشدنی و مسخره‌آمیز بود که تمام رگ‌های شریف را خرد کرد. شریف ساکت کنار اطاق نشسته بود و جزئیّات صورت زنش را با صورت مادرزنش مقایسه می‌کرد؛ چون دختر و مادر شباهت تامّی با یکدیگر داشتند و حس می‌کرد؛ همین که زنش پا به سن می‌گذاشت؛ به هیچ وسیله‌ای جلو زشتی او را نمی‌توانست بگیرد تا موقعی که نسخهٔ دوم مادرش می‌شد. بعد هم دعواهای خانوادگی، مشاجره‌های تمام‌نشدنی سر موضوع‌های پوچ، همه پیش چشمش مجسّم گردید. خندهٔ عفّت مزید بر علّت شده بود. نه‌تنها به او ثابت شد؛ بلکه حس کرد که این

زن یك جور جانور غریب پستاندار بود كه برای سرگردانی او خلق شده بود. خودش را به ناخوشی زد؛ شب را زیر شمدی كه بوی صابون آشتیانی می‌داد؛ خواب‌های آشفته دید و فردا صبح بدون خداحافظی، عازم تهران شد. بعد دخترخاله‌اش رسوایی بالا آورد و پدرش جریمهٔ این ناپرهیزی را خیلی گران پرداخت.

در غیبت شریف، محسن توسّط یكی از اقوام بانفوذ خود وارد ادارهٔ مالیه شده بود؛ برای اینكه هرچه زودتر داخل در زندگی اجتماعی بشود و سرانجام بگیرد. به اصرار محسن، شریف هم به توسّط اقوام او معرّفی و وارد مالیه شد و هر دو مأمور مالیهٔ مازندران شدند.

در مازندران یك‌جا منزل گرفته و یگانه تفریح آن‌ها بازی تخته‌نرد بود و روزهای تعطیل را به شهسوار می‌رفتند. محسن كه علاقه و شوق زیادی به شنا داشت؛ كنار دریا محل دنجی را برای شنا و آب‌تنی انتخاب كرده بود. شریف هنوز خوب به خاطر داشت؛ یك روز كه هوا گرفته و خفه و دریا منقلب بود؛ محسن به عادت معمول لخت شد و در آب رفت. اگرچه شریف جداً با این كار مخالفت كرد؛ زیرا آب دریا به‌طور غیر عادی در كش‌وقوس بود! ولی محسن به حرف او گوش نداد. محسن به خودش مغرور بود. با وجود ترس و دلهره‌ای كه در قیافه‌اش دیده می‌شد؛ سماجت ورزید و شریف را مسخره كرد كه از آب می‌ترسد و بعد با حركت بی‌اعتنا و مردّدی داخل آب شد. با بازوهای لاغر و سفیدش كه رگ‌های آبی داشت؛ امواج را می‌شكافت و از ساحل دور می‌شد. آب كم‌كم بالا می‌آمد. شریف همین‌طور كه به این

منظره خیره شده بود؛ ناگهان ملتفت شد؛ دید محسن دستش را به طرف او تکان داد و گفت: «بیا...» مثل صدایی که در خواب می‌شنوند. امّا او کاری از دستش برنمی‌آمد. هرگز شنا بلد نبود. به‌علاوه کسی هم در آن نزدیکی دیده نمی‌شد که بتواند به او کمك بکند. اوّل گمان کرد که شوخی است. با دهن باز و حالت مردّد به محسن نگاه می‌کرد. محسن حرکت دیگری از روی ناامیدی کرد؛ مثل اینکه از او کمک می‌خواست. با کوشش فوق‌العاده دستش را بلند کرد و با صدای خراشیده‌ای گفت: «بی.. یا!» و غرق شد. آب او را غلتانید؛ موج‌ها روی هم می‌لغزیدند.

شریف مات و متحیّر، سر جای خود، خشکش زده بود. فقط موج‌های سبز رنگ را می‌دید که روی هم می‌لغزیدند و دور می‌شدند. به‌قدری متوحّش شد که جرئت حرکت یا فکر از او رفته بود و همین‌طور خیره به دریا نگاه می‌کرد. امواج به پیچ‌وتاب خود می‌افزودند و آب تا زیر پای او روی ماسه بالا آمده بود. موج‌های پرجوش‌وخروش که روی سرشان تاجی از کف سفید دیده می‌شد؛ می‌آمدند و زیر پای او روی شن‌ها خرد می‌شدند. باران ریز سمجی شروع به باریدن کرد. هوا تاریک می‌شد. شریف بی‌اراده برگشت و با گام‌های سنگین، زیر باران، به طرف جنگل رفت و با احساس مخصوصی که به نظرش می‌آمد از دنیا و موجوداتش بی‌اندازه دور شده، همه‌چیز را از پشت پردۀ کدری می‌دید و صدای خفه‌ای بغل گوشش تکرار می‌کرد: «تو پستی، تو آدم‌کشی!...»

در این موقع مرگ به نظر او بی‌اندازه آسان و طبیعی می‌آمد. زندگی به نظرش جز فریب مسخره‌آلودی بیش نبود. آیا چهار، پنج ساعت پیش با محسن روی چمن ناهار نخورده بود؟ محسن که آن‌قدر سردماغ، چالاک و دل‌ربا بود. ته‌دیگ را با چه لذّت و اشتهایی کروچ‌کروچ می‌جوید! بعد همین‌طور که روی سبزه دراز کشیده بود؛ برای او جسته‌گریخته درددل می‌کرد که زنش آبستن است و مدّتی است که از او کاغذی نرسیده؛ ولی از ترس مالاریا و تکان راه، او را در تهران گذاشته بود؛ از نقشهٔ آیندهٔ خودش، از تفریحاتش صحبت می‌کرد. اوّلین بار بود که او صحبت جدّی با شریف می‌کرد. حالا مثل شمعی که فوت بکنند؛ مُرد و خاموش شد! آیا همهٔ این‌ها حقیقت داشت؟ آیا خواب ندیده بود؟ ـ او مرده بود! ـ مثل اینکه تا این لحظه به معنی مردن دقیق نشده بود و تن او بدون دفاع، مانند گوش‌ماهی‌های مرده و خرده‌ریزهای دیگر زیر امواج دریا که زمزمه می‌کردند؛ بی‌تکلیف به دست هوا و هوس موج‌ها سپرده شده بود. می‌لغزید و دور می‌شد. فقط یک دسته کلاغ سیاه، کنار دریا، زیر باران در سکوت پاسبانی می‌کردند! شریف برای اوّلین بار با خودش گفت: «باید این اتّفاق بیفتد!... امّا چرا... چرا باید؟...»

تا دو روز دنیای ظاهری، بی‌رنگ و محو به نظر شریف جلوه می‌کرد؛ مثل این بود که همه‌چیز را از پشت پردهٔ کدر دود می‌بیند. سرش گیج می‌رفت؛ اشتها نداشت و به هیچ وسیله‌ای نمی‌توانست به خودش دلداری بدهد. در صورتی که به این آسانی می‌شد؛ مُرد! او می‌خواست که بمیرد و بعد از چند ساعت، آب دریا تن او را مانند چیز بی‌مصرف کنار ساحل بیندازد و دوباره زمزمهٔ افسونگر و غمناک خود را شروع بکند. قوّهٔ مرموزی او را به سوی این

امواج که همهٔ بدبختی‌ها را می‌شست و آرزوهای موهوم زندگی را با خودش می‌برد؛ می‌کشاند. صدای موج‌ها بیخ گوشش زمزمه می‌کرد: «بیا... بیا...» آب تیرهٔ دریا او را به سوی خودش می‌خواند. امّا صدای دیگری به او می‌گفت: «تو پست هستی... تو جانی هستی. چرا برای نجات دوستت اقدامی نکردی؟»

این پیش‌آمد به قدری در خاطر شریف زنده بود که نه‌تنها جزئیّات آن را هنوز به یاد می‌آورد؛ بلکه در گیرودار آن شرکت داشت. هر دفعه که به ساعت مکب محسن نگاه می‌کرد؛ وقایع گذشته جلوش نقش می‌بست. چون دو روز قبل از این پیش‌آمد، محسن ساعت مکب را به او داده بود که برای مرّمت به ساعت‌ساز بدهد. اتّفاقاً ساعت در جیب او مانده بود و هنوز هم آن را مانند چیز مقدّسی با خودش داشت. شریف بالأخره از مأموریّت استعفا داد و به تهران برگشت. چندین‌بار جویای زن و بچّهٔ محسن شد؛ ولی اثری از آن‌ها به دست نیاورده و به مرور ایّام، این خاطرات از نظرش محو شده بود؛ امّا ورود ناگهانی مجید تأثیر غریبی در او کرد و زندگی قوی‌تر و دردناک‌تری به این یادبودها بخشید. حالا هم‌زاد زندهٔ رفیقش از گوشت و استخوان جلو او نشسته بود. کی می‌دانست؛ شاید خود او بود؛ چون پیری محسن را که ندیده بوده. در همین سن و با همین قیافه و اندام، رفیقش ناگهان از نظر او ناپدید شد. شریف پی برد که محسن نمرده بود؛ بلکه روح او در جسم این جوان حلول کرده بود. شاید این دلیل و برگهٔ زندگی جاودان بود. شاید همان چیزی را که زندگی جاودانی می‌گفتند؛ مبدأ خود را از همین تولیدمثل گرفته بود. پس، از این قرار محسن نمرده بود؛ در صورتی که او تا ابد می‌مرد؛ چون از خودش بچّه نگذاشته بود! درعین‌حال، شادی عمیقی به

او دست داد که به کلّی نیست و نابود خواهد شد. عقربك ساعت مکب، دقایق او را که به سوی نیستی می‌رفت؛ می‌شمرد.

شریف در رختخواب غلت می‌زد؛ با فکر محسن به خواب رفت و هنوز تاریک و روشن بود که با فکر مجید از خواب پرید. خمیازه کشید. حس کرد که خسته و کوفته است. دهنش بدمزّه بود. بلند شد؛ جلو آیینه نگاهی به صورت خود انداخت. پای چشم‌هایش خیز داشت؛ چین‌های صورتش عمیق‌تر شده بود؛ موهایش ژولیده بود و یك رگ از کشالهٔ ران تا پشت کمرش تیر می‌کشید. بعد رفت با احتیاط از لای درز در اطاق مهمان‌خانه به تخت مجید نگاه کرد. یک تکّه از روشنایی پنجره روی صورت او افتاده بود. صورتش حالت بچّگانه داشت و لپ‌هایش گل انداخته بود و دانه‌های عرق روی پیشانی او می‌درخشید. دستش را با مشت گره کرده از زیر شمد بیرون آورده بود. به نظرش، مجید یك وجود روحانی و قابل ستایش جلوه کرد.

به عادت هر روز، شریف زیر درخت بید کنار استخر، پهلوی بساط ناشتایی نشسته بود و سیگار می‌کشید که مجید آمد؛ پای چاشت نشست. بعد از سلام و تعارف، شریف برای اینکه موضوع صحبتی پیدا بکند؛ از او پرسید که ساعت دارد یا نه. پس از جواب منفی مجید، شریف دست کرد؛ ساعت مکبی که یک بار به پدرش بخشیده بود؛ درآورد و گفت: «این امانتی است که از پدرتان پیش من مانده بود».

مجید ساعت را گرفت. نگاه سرسرکی به آن انداخت؛ مثل اینکه جانور عجیبی را دیده باشد. خوشحالی بچّگانه امّا گذرنده‌ای در چشم‌هایش

درخشید. بعد ساعت را در جیبش گذاشت؛ بی‌آنکه اظهار تشکّر بکند. شریف زیرچشمی اورا می‌پایید. در این لحظه او با یادبودهای ایّام جوانی‌اش زندگی می‌کرد و جزئیّات یادبودهای دنیای گم‌شده‌ای که مانند خواب با پدر مجید گذرانیده بود؛ جلو چشمش مجتّم شده بود. از تمام حرکات مجید، حتّی طرز نان خوردن او، انعکاسی از پدرش جستجو می‌کرد و مجید که نسخهٔ ثانی پدرش بود؛ کاملاً آرزوی شریف را برمی‌آورد. بعد دست کرد؛ با احتیاط، عکسی را از بغلش درآورد؛ به دست مجید داد و گفت: «این عکس فوری را با مرحوم پدرتان در گاردن پارتی برداشتم. آن‌وقت من هنوز حصبه نگرفته بودم که موهای سرم بریزد!»

مجید نگاهی از روی بی‌میلی به عکس انداخت؛ گویی عکس بیگانه‌ای را دیده است و به زمین گذاشت. بعد نگاه گیجی به صورت شریف کرد؛ انگاری تا این موقع ملتفت طاسی سر شریف نشده بود. شریف عکس را برداشت و بلند شد و با مجید به اداره رفتند.

دو هفته زندگی افسون‌آمیز شریف به طول انجامید و او با پشتکار خستگی‌ناپذیر، مجید را به ریزه‌کاری‌های اداره و رموز محاسبات آشنا کرد. به‌همین‌علّت، مجید طرف توجّه سایر اعضای اداره شد. در زندگی اداری و داخلی شریف نیز، تغییرات کلّی حاصل شده بود. پشت میز اداره به کارها بیشتر رسیدگی و دقّت می‌کرد. هر هفته که به سرکشی دهات اطراف آباده می‌رفت؛ مجید را به‌عنوان منشی مخصوص همراه خودش می‌برد. در خانه از غلامرضا ایرادات بنی‌اسرائیلی نمی‌گرفت. وسواس تمیزی از سرش افتاده

بود و در هر گیلاسی آب می‌خورد. به نظر می‌آمد که شریف دوباره با زندگی آشتی کرده. غذا را با اشتها می‌خورد؛ چشم‌هایش برق افتاده بود؛ زیرا زندگی گم‌شدۀ خود را از نو به دست آورده بود؛ آن هم در موقعی که زندگی او را محکوم کرده بود!

شب‌ها مجید لاأبالیانه و بی‌تکلیف می‌آمد؛ دم بساط فور می‌نشست؛ با شریف تخته‌نرد می‌زد یا صحبت‌های دری‌وری می‌کرد و همیشه پیش از اینکه برود بخوابد؛ شریف پیشانی او را پدرانه می‌بوسید. یك نوع حالت پر کِیف، یك جور عشق عمیق و مجهول در زندگی یکنواخت، ساکت، تنها و سرد شریف پیدا شده بود که ظاهراً هیچ ربطی با عوالم شهوانی نداشت. یك جور اطمینان، بی‌طرفی، سیری و استغنای طبع در خودش حس می‌کرد و درعین‌حال احساس پرستش مبهم و فداکاری پدرانه‌ای نسبت به مجید آشکار می‌نمود. او وظیفۀ خودش می‌دانست که از مجید سرپرستی بکند؛ مواظب اخلاق و رفتارش باشد. آیا مجید جای بچّۀ خود او نبود! آیا ممکن بود که شریف بچّۀ خودش را تا این اندازه دوست داشته باشد؟

یک روز گرم تابستانی که آسمان از ابرهای تیره پوشیده شده بود؛ در ادارۀ مالیه، کار فوق‌العاده‌ای پیش‌آمد کرد. از یك طرف، مفتّش تحدید تریاک از مرکز رسیده بود و از طرف دیگر، کمیسیون‌های اداری مانع شد که شریف ظهر به خانه برود. ناهار را در اداره خورد و غلامرضا با تردستی مخصوصی، در اطاق آبدارخانۀ اداره، بساط فور را بر پا کرد. شریف به عجله مشغول رسیدگی

کارهای اداری شد و یکی، دو بار مجید را احضار کرد؛ ولی مجید به اداره نیامده بود.

هوا گرگ و میش بود که غلامرضا هراسان به اداره آمد و به زور وارد اطاق کمیسیون شد. قیافهٔ او به اندازه‌ای گرفته بود که شریف یکّه خورد. از پشت میز بلند شد و به عجله پرسید:

«مگر چی شده؟»

«آقا... آقای مجیدخان تو استخر خفه شده... من وقتی که ظهر به خانه برگشتم؛ دیدم در از پشت بسته... چند ساعت انتظار کشیدم؛ بعد از خانهٔ همساده وارد شدم؛ دیدم نعش آقای مجیدخان روی آب آمده....»

شریف آب دهنش را فروداد. خرخره‌اش حرکت کرد و دوباره سر جای اوّلش قرار گرفت. بعد با صدای خفه‌ای گفت:

«پس دکتر... دکتر را خبر نکردی؟»

«آقا، کار از کار گذشته، تنش سرد شده. روی آب آمده بود. نعش را بردم در ایوان گذاشتم!...»

طعم تلخ‌مزّه‌ای در دهن شریف پیچیده، با گام‌های سنگین از اطاق کمیسیون بیرون رفت. هوا خفه و تاریک بود؛ باران ریزی می‌بارید. عطر مست‌کنندهٔ زمین و بوی برگ‌های شسته در این اوّل شب تابستانی، در هوا پراکنده شده بود. شریف از چند کوچه گذشت. غلامرضا ساکت مثل سایه دنبال او می‌رفت. در خانه‌اش چهارطاق باز بود؛ چراغ توری در ایوان می‌سوخت. نعش مجید را در ایوان گذاشته بودند؛ رویش یک شمد سفید

کشیده شده بود. زلف‌های خیس او از زیر آن پیدا بود و به نظر می‌آمد که قد کشیده است.

شریف پای ایوان زیر باران ایستاد. ناگهان نگاهش به استخر افتاد که رویش قطره‌های باران، جلوی روشنایی چراغ چشمك می‌زدند. نگاه او وحشت‌زده و تهی بود. این استخر که آن‌قدر دقایق آرامش و کیف خود را در کنارش گذرانیده بود! یک‌مرتبه سرتاسر زندگی‌اش در این شهر، میز اداره، بساط فور، درخت بید، کبك دست‌آموز و تفریحاتش، همه محدود و پست و مسخره‌آمیز جلوه کرد. حس کرد که بعد از این، زندگی در این خانه برایش تحمّل‌ناپذیر است. به آب سیاه و عمیق استخر که مثل آب دریا بود؛ خیره شد. به نظرش آب استخر یك گوی بلورین آمد؛ امّا این هیکل انسانی که در این گوی دست و پا می‌زد که بود؟ در این گوی، او مجید را می‌دید که بازوهای لاغر سفید خود را که رگ‌های آبی داشت؛ در آن تکان می‌داد و به او می‌گفت: «بیا... بیا!» چه جان‌گداز بود! پردهٔ تاریکی جلو چشم شریف پایین آمد. از همان راهی که آمده بود؛ با قدم‌های گشاد و بی‌اعتنا برگشت.

دست‌ها را به پشت زد؛ زیر باران از در خانه بیرون رفت. همان حالتی که در موقع مرگ محسن حس کرده بود؛ دوباره در او پیدا شد. با خودش تکرار می‌کرد: «باید این اتّفاق افتاده باشد!» جلو چشمش سیاهی می‌رفت. باران تندتر شده بود؛ امّا او ملتفت نبود. منظره‌های دوردست مازندران، محو و پاك شده، مثل اینکه از پشت شیشهٔ کدر همه‌چیز را می‌بیند؛ جلو چشمش

نقش بسته بود و صدایی بیخ گوشش زمزمه می‌کرد: «تو رذل هستی... تو جانی هستی!...»

این جمله را سابق بر این در خواب عمیقی شنیده بود. او با تصمیم گنگی از منزلش خارج شده بود که دیگر به آنجا برنگردد. حس می‌کرد در دنیای موهومی زندگی می‌کند و کمترین ارتباطی با قضایای گذشته و کنونی ندارد. از همهٔ این پیش‌آمدها دور و بر کنار بود! باران دور او تار تنیده بود. او میان این تارهای نازک‌شده خیس بود و دانه‌های باران مثل جانورهای لزجی بود که این تارها را می‌گرفتند و پایین می‌آمدند.

شریف مانند یک سایهٔ سرگردان در کوچه‌های خلوت و نمناک، زیر باران می‌گذشت و دور می‌شد....

کاتیا

چند شب بود مرتباً مهندس اتریشی که اخیراً به من معرّفی شده بود؛
در کافه سر میز ما می‌آمد. اغلب من با یکی دو نفر از رفقا نشسته بودیم؛
او می‌آمد اجازه می‌خواست؛ کنار میز ما می‌نشست و گاهی هم معنی
لغات فارسی را از ما می‌پرسید؛ چون می‌خواست زبان فارسی را یاد بگیرد. از
آنجایی که چندین زبان خارجه می‌دانست؛ مخصوصاً زبان ترکی را که ادعا
می‌کرد؛ از زبان مادری خودش بهتر بلد است؛ لذا یاد گرفتن فارسی برایش
چندان دشوار نبود.

ظاهراً مردی بود؛ چهارشانه با قیافهٔ جدّی، سر بزرگ و چشم‌های آبی تیره،
مثل اینکه رنگ رود دانوب در چشم‌هایش منعکس شده بود. صورت پرخون
سرخ داشت و موهای خاکستری دور پیشانی بلند و برآمدهٔ او روئیده بود و
از طرز حرکات سنگین و هیکل ورزشکارش قوّت و سلامتی تراوش می‌کرد.

امّا ساختمان او با حالت اندوه و گرفتگی که در چشم‌هایش دیده
می‌شد؛ متناقض به نظر می‌آمد. تقریباً در حدود چهل سال یا بیشتر از
سنّش می‌گذشت؛ ولی روی‌هم‌رفته، جوان‌تر نمود می‌کرد. همیشه جدّی و
آرام بود؛ مثل اینکه زندگی بی‌دغدغه‌ای را طی کرده و جای زخمی گوشهٔ
چشم راست او دیده می‌شد که من گمان می‌کردم؛ به‌واسطهٔ شغل مهندسی
و راه‌سازی، در اثر انفجار سنگ یا کوه، گوشهٔ چشم او زخم برداشته است.

او علاقهٔ مخصوصی نسبت به ادبیّات ظاهر می‌کرد و به قول خودش یک
حالت و یا شخصیّت دوگانه در او وجود داشت که روزها مبدّل به مهندسی

می‌شد و سر و کارش با فرمول‌های ریاضی بود و شب‌ها شاعر می‌شد و یا به وسیلهٔ بازی شطرنج، وقت خود را می‌گذرانید.

یك شب من تنها سر میز نشسته بودم؛ دیدم مهندس اتریشی آمد؛ اجازه خواست و سر میز من نشست. از قضا در این شب تنها ماندیم و از رفقا کسی به سراغمان نیامد. مدّتی به موسیقی گوش کردیم؛ بی‌آنکه حرفی بین ما رد و بدل بشود. ناگهان ارکستر «استنکا رازین» یك آواز روسی معروف را شروع کرد. در این وقت من یك حالت درد آمیخته با کِیف در چشم‌ها و صورت او دیدم. مثل اینکه او هم به این نکته برخورد و یا احتیاج به دردِدل پیدا کرد. به حالت بی‌اعتنا گفت: «می‌دانید؛ من یك یادگار فراموش‌نشدنی با این موزیك دارم. یادگاری که مربوط به یك زن و یك حالت مخصوص افسوس‌های جوانی من می‌شود!»

«ولی این ساز روسی است.»

«بله می‌دانم؛ من یک دوره زندگی اسارت در روسیه به سر برده‌ام.»

«شاید در موقع جنگ بین‌المللی ۱۹۱٤ اسیر شده‌اید.»

«بله، از همان ابتدای جنگ، من در فرونت صربستان بودم؛ بعد در جنگ با روس‌ها اسیر شدم. می‌دانید زندگی اسارت چندان گوارا نیست.»

«واضح است، آن هم اسارت در سیبری! آیا شما کتاب ʼیادبود خانهٔ مردگانʻ تألیف دوستویوفسکی را خوانده‌اید؟»

«بله خوانده‌ام؛ ولی کاملاً به آن ترتیب نبود؛ چون که ما به‌عنوان اسیر جنگی بودیم و تا اندازه‌ای آزادی داشتیم؛ در صورتی که او با موزیک‌ها در

زندان بوده؛ ولی میان ما پروفسورها، نقّاش‌ها، شیمی‌دان‌ها، سنگ‌تراش‌ها، پیرایشگرها، جرّاح‌ها، موسیقی‌دان‌ها، شعرا و نویسندگان بودند. پای چشم مرا که در جنگ گلوله خورده بود؛ در همان‌جا عمل کردند.»

«در این صورت به شما خیلی سخت نمی‌گذشته.»

«مقصودتان از سختی چیست؟ واضح است؛ در ابتدا ملاحظهٔ ما را می‌کردند. راستش را می‌خواهید؛ در اوایل، ما تا اندازه‌ای از وضع خودمان راضی بودیم. اگرچه تمام روز را محبوس بودیم؛ ولی در اردوی خودمان آزادی داشتیم. تئاتر درست کرده بودیم. آلونک‌هایی برای خودمان ساخته بودیم. به‌علاوه به هر افسری، از قرار ۲۵ روبل در ماه پول جیبی می‌دادند و در آن وقت در سیبری فراوانی و ارزانی بود. به اندازهٔ کافی خوراک داشتیم؛ اگرچه اغلب پول جیبی ما را نمی‌پرداختند و بعد هم می‌دانید؛ ما اجازه نداشتیم خارج بشویم. تصوّر بکنید که ما مجبور بودیم؛ سال‌ها حبس باشیم. من خسته و کسل شده بودم و تمام روز را به خواندن کتاب می‌گذرانیدم. چندی که گذشت؛ یعنی شش ماه بعد، وقتی که اسرای ترک به ما ملحق شدند؛ من برای آموختن زبان ترکی با آن‌ها طرح دوستی ریختم. در این اوان با یک جوان عرب آشنا شدم که اسمش عارف بن عارف، از اهل اورشلیم بود. شروع به تحصیل کردم و در مدّت کمی، زبان ترکی را یاد گرفتم. به‌طوری که به زبان ترکی کنفرانس می‌دادم. چون بین ما محصّلینی بودند که تحصیلات خودشان را تمام نکرده بودند؛ به ما اجازه دادند که درس بدهیم. در این صورت درس‌ها و کنفرانس‌ها دایر شد. نمایش تئاتر می‌دادیم و زن‌های

روسی از خارج، بهترین تزئین و لباس و لوازم دیگر را برایمان می‌فرستادند. اغلب یك چیز عالی از آب درمی‌آمد؛ به‌طوری كه از خارج به تماشای نمایش‌های ما می‌آمدند.»

«پس برای خودتان یك جور زندگی مخصوصی داشته‌اید؟»

«شما گمان می‌كنید! من فقط قسمت خوبش را شرح دادم. شما فراموش می‌كنید كه ما در یك اردو حبس بودیم كه روی تپّه واقع شده بود و به مسافت دو كیلومتر با شهر 'كراسنویارسك' فاصله داشت. اطراف اردو سیم خاردار كشیده بودند و تیرهایی به طول شش متر به زمین كوبیده شده بود و فاصله به فاصله، باروهایی بود كه پاسبانان تفنگ به دست، كشیك می‌دادند؛ ولی من از آلونك خودم بیرون نمی‌آمدم و همهٔ وقتم صرف خواندن كتاب می‌شد و یا كنفرانس‌های خودم را تهیّه می‌كردم. تنها چیزی كه به من دلداری می‌داد؛ این بود كه می‌دیدم این همه اشخاص تحصیل‌كردهٔ صنعتگر دیگر، همه جوان و خوشبخت یا پیر و بدبخت، با سرنوشت من شریك بودند.»

«امّا شما فراموش می‌كنید كه از خطر جنگ، ترانشه، صدای شلیك، گاز خفه‌كننده و مرگ دائمی كه جلو چشمتان بوده، محفوظ بوده‌اید؟»

«گفتم شما از وضع ما خبر ندارید. فقط روزی دو ساعت، ما حق تفریح و گردش داشتیم. لباس‌ها به تنمان چین خورده بود و چرك شده بود. لباس زیر نداشتیم. زمستان، هوا ۴۰ یا ۵۰ درجه زیر صفر بود و تابستان در ۳۰ درجه حرارت، ما مثل حیوانات چهارپا در آغل حبس بودیم. به‌علاوه حریق، ناخوشی‌های مُسری و وقایع وحشت‌انگیزی كه رخ می‌داد؛ همهٔ این‌ها بدتر

از جنگ بود. گاهی از میان ما یکی دیوانه می‌شد. یک شب من با رفقا ورق بازی می‌کردم؛ یکی از رفقا تبر به دوش وارد شد و چنان ضربت شدیدی روی میز زد که همه‌مان از جا جستیم و اگر تبر را از دستش نگرفته بودند؛ همه‌مان را تکّه‌پاره کرده بود. یک نفر از اهالی مجار دیوانه شده بود. ادای سگ را درمی‌آورد. دائم پارس می‌کرد و اسباب سرگرمی ما شده بود. بزرگ‌ترین چیزی که به من تسلیت می‌داد؛ وجود رفیق عربم، عارف بود. او همیشه زنده‌دل و به همه چیز بی‌علاقه بود؛ حضورش تولید شادی می‌کرد. گذشته از این، من یادگارهای ایّام اسارت خودم را با عارف در یک روزنامه وین با عنوان ʼکاتیاʼ چاپ کرده‌ام. خیلی مفصّل است؛ نمی‌توانم شرح بدهم.»

«به چه مناسبت کاتیا؟»

«درست است؛ می‌خواستم راجع به او صحبت بکنم؛ از موضوع پرت شدم. او برای من اوّلین زن و آخرین زن بود و یک تأثیر فراموش‌نشدنی در من گذاشت. می‌دانید؛ همیشه زن باید به طرف من بیاید و هرگز من به طرف زن نمی‌روم؛ چون اگر من جلو زن بروم؛ این‌طور حس می‌کنم که آن زن برای خاطر من خودش را تسلیم نکرده؛ ولی برای پول یا زبان‌بازی و یا یک علّت دیگری که خارج از من بوده است. احساس یک چیز ساختگی و مصنوعی را می‌کنم. امّا در صورتی که اوّلین بار زن به طرف من بیاید؛ او را می‌پرستم. حکایتی که می‌روم نقل بکنم؛ یکی از این پیش‌آمدهاست. این تنها یادبود عاشقانه‌ای است که هرگز فراموش نخواهم کرد. گرچه ۱۸ و یا ۲۰ سال است؛ از آن می‌گذرد؛ امّا همیشه جلو چشمم مجتّم است.»

«همان وقتی که ما نزدیک کراسنویارسک اسیر بودیم؛ بعد از آشنایی من با جوانان عرب که یك جور دوستی حقیقتاً برادرانه و جدایی‌ناپذیر ما را به هم مربوط می‌کرد؛ هر دومان در یك آلونك منزل داشتیم و تمام وقتمان صرف تحصیل زبان و یا بازی ورق می‌شد. من به او آلمانی می‌آموختم و او در عوض، به من زبان عربی یاد می‌داد. یادم است؛ یك شب ما چراغ نداشتیم. توی دوات روغن ریختیم و با تریشنهٔ پیراهن خودمان، فتیله درست کردیم و در روشنایی این چراغ کار می‌کردیم. در همین وقت، من زبان ترکی را تکمیل می‌کردم و از راه چین، از سوئد و نروژ و دانمارك کتاب وارد می‌کردیم. عارف جوان خوشگلی بود که موهای سیاه تابدار داشت و همیشه شاد و خندان و لاابالی بود.

«به‌هرحال در ۱۹۱۷ اسرای عرب را احضار کردند. برای اینکه از ترک‌ها جدا بشوند. رفیق عربم را از من جدا کردند. به او پول دادند و او را فرستادند در شهر کراسنویارسک تا اینکه وسایل حرکتش را فراهم بکنند. ترک‌ها مرا سرزنش می‌کردند و می‌گفتند: ʼببین رفیق تو از ما جدا شد؛ برای اینکه برضد ما جنگ بکندʻ. ولی عارف از آنجایی که خوشگل بود و صورت شرقی داشت؛ در شهر کراسنویارسك طرف توجّه دخترها گردید و مشغول عیش و نوش شد. گاهی هم به سراغ ما می‌آمد. یك روز من با آن وضع کثیف مشغول خواندن بودم؛ یک‌مرتبه در باز شد و دیدم یك دختر جوان خوشگل وارد اطاقم شد. من سر جای خودم خشك شده بودم و مات، به سر تا پای دختر نگاه می‌کردم و او به نظرم یك فرشته یا موجود خیالی آمد. سه چهار سال می‌گذشت که با آن وضع کثیف، زندگی مرگ‌بار، ریشی که مثل ریش

راسپوتین تا روی سینه‌ام خزیده بود و لباسی که به تنم چسبیده بود؛ در میان کتاب و کاغذپاره‌ها به سر می‌بردم. حضور یك دختر تر و تمیز خوشگل در مزبلهٔ من باورنکردنی بود. آن دختر زبان آلمانی هم می‌دانست و با من شروع به حرف زدن کرد؛ ولی من به‌طوری ذوق‌زده شده بودم که نمی‌توانستم؛ جوابش را بدهم. پشت سر او در باز شد و رفیقم عارف وارد شد و خندید. من فهمیدم برای متعجّب کردن من این کار را کرده بود و مخصوصاً او را آورده بود تا معشوقهٔ خودش را به من نشان بدهد.

«این کار را از راه بدجنسی نکرده بود که دل مرا بسوزاند؛ فقط برای تفریح و شوخی کرده بود. چون من کاملاً از روحیهٔ او اطّلاع داشتم. عارف به من گفت: ʻبیا برویم شهر. من برایت اجازه می‌گیرم.ʼ بعد از چند سال اوّلین بار بود که من به شهر می‌رفتم. بالأخره با عارف و کاتیا که اجازهٔ مرا گرفت؛ به طرف شهر روانه شدیم. در جاده برف‌ها کم‌کم آب می‌شد و بهار شروع شده بود. نمی‌توانید تصوّر بکنید که من چه حالی داشتم! از کنار رودخانهٔ ینی‌سئی رد می‌شدیم. من از شادی در پوست خودم نمی‌گنجیدم و به کلّی محو جمال آن دختر شده بودم. تمام راه را دختر از هر در با من صحبت می‌کرد. من مثل مرده‌ای که پس از سالیان دراز، سر از قبر درآورده و در دنیای درخشانی متولّد شده، جرئت حرف زدن با او را نداشتم و نمی‌توانستم جوابش را بدهم تا اینکه بالأخره وارد شهر شدیم و ما را در اطاقی برد که در آن چراغ برق، میز با رومیزی سفید، صندلی و تختخواب بود. من مثل دهاتی‌ها به در و دیوار نگاه می‌کردم و از خود می‌پرسیدم: ʻآنچه می‌بینم به بیداری است یا به خواب؟ʼ من و عارف کنار میز نشستیم؛ دختر برایمان چایی آورد؛

بعد با من شروع به حرف زدن کرد. از آن دخترهای مجلس‌گرم‌کن و کاربر و حرّاف بود. بعد فهمیدم که دختر نیست. شوهر او در جنگ کشته شده بود و یك بچّهٔ كوچك هم داشت. در خانهٔ آن‌ها یك مهندس و زنش هم بودند و این زن که با زن مهندس آشنایی داشت؛ با هم زندگی می‌کردند. گویا اطاق را از او کرایه کرده بود. شب را در آنجا گذرانیدیم؛ یك شبی که هرگز تصوّرش را نمی‌توانستم بکنم. من برای آن زن جوان عشق نداشتم. اصلاً جرئت نمی‌کردم این فکر را به خودم راه بدهم؛ او را می‌پرستیدم. او برای من از گوشت و استخوان نبود؛ یك فرشته بود. فرشتهٔ نجات که زندگی تاریك و بی‌معنی و یکنواخت مرا یك لحظه روشن کرده بود. من نمی‌توانستم با او حرف بزنم و یا دستش را ببوسم.

«صبح برگشتم؛ ولی با چه حالی! همین‌قدر می‌دانم که زندگی در زندان برایم تحمّل‌ناپذیر شده بود. نه می‌توانستم بخوابم و نه بنویسم و نه کار بکنم. از دو کنفرانس هفتگی خودم؛ به عذر ناخوشی کناره‌گیری کردم. بعد از این پیش‌آمد، همه‌چیز به نظرم یك معنی مبهم و مجهول به خودش گرفته بود؛ مثل اینکه همهٔ این وقایع را در خواب دیده بودم. دو، سه هفته گذشت. یك کاغذ از کاتیا برایم آمد.»

«به چه وسیله مبادلهٔ کاغذ می‌کردید؟»

«زیر یکی از تیرها را که دور از چشم‌انداز پاسبانان بود؛ محبوسین كنده بودند و ته تیر را بریده بودیم؛ به‌طوری که برداشته و گذاشته می‌شد. هر روز به نوبت یکی از ما به‌طور قاچاق می‌رفت و برای دیگران چیزهایی که

احتیاج داشتند؛ می‌خرید و می‌آورد. کاغذها را هم او می‌رسانید. باری در کاغذ خودش نوشته بود؛ دوشنبه که روز شنای ما بود؛ من از کنار رودخانه بروم و او به ملاقات من خواهد آمد. گویا عارف برایش گفته بود؛ ما هفته‌ای دو روز حق شنا داشتیم. البتّه چون این زن، خوشگل و خوش‌صحبت بود؛ می‌توانست اجازۀ ورود به منطقۀ ممنوع را به دست بیاورد؛ امّا رابطه داشتن با محبوسین برایش تعریفی نداشت؛ از این جهت، این راه به نظرش رسیده بود. باری روز دوشنبه، موقعی که ما را از کنار رودخانه می‌بردند؛ من با ترس و لرز به محلّی که قرار گذاشته بود؛ رفتم. همین که قدری از میان بیشه گذشتم؛ کاتیا را دیدم. با هم رفتیم کنار رودخانه نشستیم. جنگل سبز و انبوه، دور ما را گرفته بود. او باز شروع به صحبت کرد. من فقط دست او را در دستم گرفتم و بوسیدم. کاتیا طاقت نیاورد و خودش را در آغوش من انداخت. او خودش را تسلیم کرد؛ در صورتی که من هیچ‌وقت تصوّرش را به خودم راه نداده بودم؛ چون او برای من یك موجود مقدّس دست‌نزدنی بود!

«از آن روز به بعد، زندگی محبس، بیش از پیش برایم سخت و ناگوار شد. سه، چهار بار همین کار را تکرار کردیم و در روزهای شنا، من دزدکی از او ملاقات می‌کردم؛ تا اینکه یك هفته از او بی‌خبر ماندم. بعد، کاغذ دیگری از او رسید و نوشته بود؛ نوبت دیگر که به شنا می‌رویم؛ او می‌آید و لباس مبدّل برایم می‌آورد. من به رفقایم اطّلاع دادم که ممکن است؛ چند شب غیبت بکنم و از آن‌ها خواهش کردم که به جای من امضا بکنند. از موقع سرشماری که چهار به چهار در محوّطۀ حیاط می‌ایستادیم و یك نفر ماها را می‌شمرد؛ ترسی نداشتیم؛ چون که این تنها موقع تفریح ما بود و همیشه

عدّه‌ای جابه‌جا می‌شدند؛ به‌طوری که سرشماری دقیق، هیچ‌وقت صورت نمی‌گرفت. به‌هرحال روز موعود، کنار رودخانه به او برخوردم. دیدم برایم یک دست لباس بلند چرکس و یک کلاه پوستی آورده. لباس را پوشیدم و کلاه را به سر گذاشتم و راه افتادیم.

«از ساخلو محبوسین تا شهر دو ساعت راه بود. در بین راه اگر کسی به ما برمی‌خورد؛ کاتیا با من روسی حرف می‌زد؛ ولی من هیچ جوابش را نمی‌دادم؛ فقط گاهی می‌گفتم: 'اسپاسیبو'. بالأخره رفتیم به خانه‌اش. تا صبح در اطاق او بودم. فردایش با خانوادهٔ مهندس روسی و زن و بچّه‌اش، به قصد گردش در کوه‌ها حرکت کردیم. سه روز گردش ما طول کشید. در کوه 'سه ستون'، که قلّهٔ آن به شکل سه شقّه درآمده بود؛ رفتیم و در جنگل نزدیک آنجا چادر زدیم و آتش کردیم. در این محل، مثل یک دنیای دور و گم‌شده، دور از مردم و هیاهوی آن‌ها بودیم. خوراک‌های خوب می‌خوردیم و مشروب خوب می‌نوشیدیم و از لای شاخهٔ درخت‌ها، ستاره‌ها را تماشا می‌کردیم. نسیم ملایم و جان‌بخشی می‌وزید. کاتیا شروع به خواندن کرد. آواز 'کشتی‌بانان ولگا' و 'استنکا رازین'[1] را با صدای افسونگری می‌خواند و مهندس روسی با صدای بم به او جواب می‌داد. صدای کاتیا مثل زنگ‌های کلیسا در گوشم صدا می‌کرد. من به جای خودم مانده بودم. اوّلین بار بود که این آواز آسمانی را می‌شنیدم. از شدّت کیف و لذّت به خود می‌لرزیدم و حس می‌کردم که بدون کاتیا، نمی‌توانستم زندگی بکنم.

---

۱. از رهبران شورش قزاق‌ها و دهقانان در منطقهٔ جنوب شرقی روسیه.

«این شب تأثیری در زندگی من گذاشت. تلخی گوارایی حس کردم که حاضر بودم؛ همان ساعت زندگی من قطع بشود و اگر مرده بودم تا ابد روح من شاد بود. بالأخره برگشتیم. هرگز فراموشم نمی‌شود؛ صبح که بیدار شدم؛ کاتیا سماور را آتش کرده بود. برایم چایی می‌ریخت که در باز شد و عارف وارد شد. من سر جایم خشکم زد. او هیچ نگفت. فقط نگاهی به کاتیا کرد و نگاهی به من انداخت. بعد در را بست و رفت. من از کاتیا پرسیدم: ʼمگر چه شده؟ʼ او گفت: ʼبچّه است؛ ولش کن. او با همهٔ دخترها راه دارد. من از این جور جوان‌ها خوشم نمی‌آید. به درک! او کسی است که سر راهش، گل‌ها را می‌چیند؛ بو می‌کند و دور می‌اندازد!ʼ

«رفیقم رفت و دیگر از آن به بعد، هرچه جویا شدم؛ اثرش را نیافتم.»

تخت ابو نصر

سال دوم بود که کاوش «متروپولیتین میوزیوم شیکاگو»۱، نزدیك شیراز، بالای تپّهٔ «تخت ابونصر»، کاوش‌های علمی می‌کرد؛ ولی به غیر از قبرهای تنگ وتُرش که اغلب استخوان چندین نفر در آن‌ها یافت می‌شد؛ کوزه‌های قرمز، بلونی۲، سرپوش‌های برونزی، پیکان‌های سه‌پهلو، گوشواره، انگشتر، گردن‌بندهای مهره‌ای، النگو، خنجر، سکّهٔ اسکندر و هراکلیوس و یك شمعدان بزرگ سه‌پایه، چیز قابل‌توجّهی پیدا نکرده بود.

دکتر وارنر (Warner) که متخصص آرکئولوژی و زبان‌های مرده بود؛ بیهوده سعی می‌کرد؛ از روی مهره‌های استوانه‌ای که خطوط میخی و اشکال انسان و یا حیوانات را داشت و یا علامات ظروف سفالی، تحقیقات تاریخی بکند. گورست (Gorest) و فریمن (Freeman) که همکارانش بودند؛ با لباس زرد و چروك خورده، بازوهای لخت و ساق‌های برهنه که زیر تابش آفتاب سوخته شده بود؛ کلاه کتانی به سر و دوسیه زیر بغل، از صبح تا شام مشغول راهنمایی کارگران، یادداشت، عکس‌برداری و کاوش بودند؛ ولیکن پیوسته به کلکسیون تیله شکسته افزوده می‌شد. به‌طوری که کم‌کم هر سه نفر دل‌سرد شده و تصمیم گرفته بودند که تا آخر سال را کج‌دار و مریز نموده، سال آینده به حفریّات خاتمه بدهند.

---

1. Metropolitan Museum, Chicago

۲. شیشه کوچک مدور با گردنی دراز.

گویا میسیون ابتدا گول دروازه و سنگ‌های تخت جمشیدی را خورده بود که به این محل حمل شده بود و فقط سردر آن از سنگ سیاه بر پا بود؛ در صورتی که چندین تخته‌سنگ دیگر از همان جنس که عبارت بود از بدنه و جرز، بدون ترتیب روی زمین افتاده بود و حتّی شکستهٔ یکی از این سنگ‌ها جزو مصالح ساختمان به کار رفته بود و آثار یک رج پلّه از زیر خاك درآمده بود که از تپّه به پایین می‌رفت.

دکتر وارنر در اطاق‌های روی تپّهٔ مقابل، تمام روز مشغول مطالعه و مرتّب کردن اشیاء پیدا شده بود. این اطاق‌ها عبارت بود از یک انبار، یک آشپزخانه و روشویی، یك تالار بزرگ که جلو ایوان بود و برای مطالعه و ناهارخوری و نشیمن تخصیص داده بودند. اطاق دست چپ تالار برای خواب تعیین شده بود. گماشتهٔ آن‌ها، قاسم که هم شوفر و هم نوکر آن‌ها بود؛ اغلب برای خرید آذوقه و برف۱ به شیراز می‌رفت. چون آبادی‌های نزدیك مانند «امامزاده دست خضر» و «بَرمِ دِلَك۲» و یك قلعهٔ دهاتی که سر راه بود؛ مایحتاج زندگی محدود و به اندازهٔ کافی به هم نمی‌رسید.

برم دلك محل نسبتاً باصفایی بود و هوای معتدل داشت؛ از این رو در تابستان تفریحگاه اهالی شیراز بود. مرد با دم و دستگاه می‌رفتند و یكی، دو شب در آنجا به سر می‌بردند. دکتر وارنر و همکارانش نیز هر وقت دست از

---

۱۵. در شیراز به جای یخ، در تابستان برف مصرف می‌شود که از «کوه برفی» می‌آورند. (یادداشت نویسنده)

۲. بَرمِ دِلَک یا چشمهٔ عشاق، یک سرچشمه، تالاب و گردشگاهی طبیعی در استان فارس است. این تالاب در شرق شیراز و در چهار کیلومتری قصر ابونصر قرار گرفته است.

کار می‌کشیدند؛ به قصد گردش، به برم دلك می‌رفتند و یا در تالار وقت خود را به بازی شطرنج و خواندن می‌گذرانیدند.

ولی پس از کشف تابوت سیمویه ورق برگشت. مخصوصاً در زندگی دکتر وارنر تغییر کلّی رخ داد؛ زیرا کشف این تابوت، علاوه‌بر اینکه یکی از قطعات گران‌بهای آرکئولوژی به شمار می‌رفت؛ سند مهمی دربرداشت که تمام وقت وارنر را به خود مشغول کرد.

یک روز که فریمن با دسته‌ای از کارگران، در دامنهٔ کوه مقابل مشغول کاوش بود؛ علائمی کشف کرد و پس از کندوکاو چندین تخته‌سنگ که با ساروج و گِل محکم شده بود؛ بالأخره به نقبی سردرآورد که در کوه زده بودند. با حضور دکتر وارنر و گورست، تابوت سنگی بزرگی در میان سردابه کشف کردند که به شکل مکعب مستطیل از سنگ یك‌پارچه تراشیده شده بود. به زحمت زیاد تابوت را حمل کردند و در اطاق خواب خود که مجاور تالار بزرگ بود؛ گذاشتند.

با دقّت و احتیاط زیاد، تخته‌سنگِ درِ تابوت را برداشتند. گوشهٔ تابوت، کالبد مومیایی مرد بلندبالایی دیده می‌شد که چنباتمه نشسته و زانوهایش را بغل زده بود. سرش را پایین گرفته و خود فولادین به سر داشت که دو رشته مروارید رویش بسته شده بود. لباس زربفت گران‌بهایی به تنش و یك گردن‌بند جواهرنشان روی سینه‌اش و قدّاره‌ای به کمرش بود؛ امّا تمام لباس اندوده به روغن مخصوصی بود و پارچهٔ شفّاف نازکی روی سرش افتاده بود.

وارنر با احتیاط هرچه تمام‌تر، پارچهٔ نازك روی مومیایی را پس زد. گوشهٔ حریری که جلو دهن مومیایی واقع شده بود؛ جویده و مثل اینکه آلوده به خون خشك شده بود. گوشت صورت به استخوان چسبیده بود و چشم‌هایش به حالت وحشت‌انگیز می‌درخشید. وارنر ملتفت شد. دید یك لولهٔ فلزی مانند دعا که به حلقهٔ سیمی وصل شده بود؛ روی سینهٔ مومیایی به حالت موقّت آویخته بود. دکتر وارنر لوله را از سیم جدا کرد. همین که باز نمود؛ دو ورق کاغذ پوستی از میانش بیرون آورد که روی یکی از آن‌ها به خط پهلوی نوشته شده بود و روی دیگری که کوچک‌تر بود؛ خطوط هندسی و علاماتی نقش شده بود. وارنر وظیفهٔ خودش می‌دانست که قبل از جستجو و کاوش بیشتری در اشیاء تابوت، ورقه را بخواند.

تحقیقات و مطالعات دکتر وارنر چندین هفته به طول انجامید و در تمام این مدّت به‌قدری شیفتهٔ مطالعه شده بود که از خواب و خوراک افتاده بود. اغلب در اطاق تنها با خودش حرف می‌زد و پیوسته پس از فراغت همکارانش، راجع به متن کاغذ پوستی با آن‌ها مباحثه می‌کرد و یا غرق در مطالعهٔ کتاب‌های عجیب و غریب سحر و جادو بود که رفقایش از آن‌ها سردرنمی‌آوردند و این روش او را حمل بر جنون می‌کردند.

یك روز طرف عصر، بعد از آنکه فریمن دست از کار کشید؛ با یک مشت تیله شکستهٔ قرمز رنگ که روی آن‌ها خطوط چپ اندر راست قهوه‌ای سیر کشیده بود؛ وارد تالار شده، تیله‌ها را روی میز بزرگ میان تالار که مملو بود از

روزنامه، مجله و آلبوم عکس گذاشت. دکتر وارنر کنار لبش پیپ گذاشته بود و به حالت متفکّر قدم می‌زد. نزدیك فریمن رفت و از او پرسید:

«گورست کجاست؟»

«رفته گردش، وآنگهی یک هفته است؛ به کلّی عوض شده. حق هم دارد؛ چون از ما جوان‌تر است. زیر آفتاب، زندگی یکنواخت، نداشتن تفریح، به او خیلی سخت می‌گذرد!»

«رفته شیراز؟»

«بله، روز یکشنبه با هم در برم دلك بودیم. گویا موضوع زنی در میان باشد.»

«باید بهش تذکر بدهم که مواظب رفتار خودش باشد. هان، خونش به جوش آمده! امّا فراموش کردم به او بگویم؛ می‌خواستم امشب را دور هم باشیم. می‌دانید؟ می‌خواهم امشب ساعت هشت و ربع، تشریفاتی که در وصیّت‌نامه دستور داده، انجام بدهم».

فریمن متعجّب: «کدام دستور! همان دعاهایی که می‌گفتید باید با شرایط مخصوصی خواند و مرده زنده می‌شود!»

«می‌دانم که تو دلت به من می‌خندی. اشتباه نکنید؛ من از شما بی‌اعتقادترم؛ ولی پیش خودم تصوّر می‌کنم؛ این وصیّت‌نامهٔ زنی است که شاید صدها سال پیش در گور رفته و معتقد بوده که خون خودش را طعمهٔ مومیایی کرده، به امید اینکه روزی کاغذش خوانده بشود. می‌خواهم بگویم به این وسیله آرزو و خواهش زنی برآورده می‌شود که نسبت به او مدیون هستیم.

مدیون حسادت او هستیم. برای ما چندان گران تمام نمی‌شود. فقط دو جور بخور لازم است که قبلاً تهیّه کرده‌ام. چند گل آتش و نیم‌ساعت صرف انرژی. برای ما خرج دیگری ندارد. کی می‌داند! ما هنوز به اسرار پیشینیان پی نبرده‌ایم!»

«آیا مضحک نیست؟ من مسئولیتی به عهدهٔ خودمان نمی‌بینم که مطابق دستور عمل بکنیم. اگر این تابوت به غیر ما دست کس دیگر افتاده بود؛ آیا خودش را مجبور به اجرای هوا و هوس این زن می‌دانست؟»

«به همین جهت که دست ما افتاده؛ من معتقدم باید مطابق وظیفهٔ خودمان رفتار کنیم. (اشاره به تیله‌های ماقبل تاریخ) شما گمان می‌کنید؛ این تیله‌های ماقبل تاریخی که از روی آن مثلاً می‌شود حدس زد؛ آدمیزاد احمقی در چهار، پنج‌هزار سال پیش که کنار این کوه، چشمه بوده، می‌زیسته و در این کاسه آش می‌خورده، علمی است؛ در صورتی که هیچ رابطهٔ مستقیمی با زندگی ما نداشته؛ امّا وصیّت‌نامهٔ قابل توجّهی که یک تراژدی انسانی و حسّی دربردارد؛ شما آن را جزو خرافات می‌پندارید؟ خیلی طبیعی است که آنجایی که علوم متعارفی شکست می‌خورد؛ با لبخند شکّاک تلقی بشود. اگر مقصود علوم رسمی است که از آن پول درمی‌آید؛ خیر، این موضوع علمی نیست و فقط تفریحی است! برعکس، من این آزمایش را وظیفهٔ شخصی خودمان می‌دانم؛ اعم از اینکه نتیجه بدهد یا ندهد».

«دیروز می‌گفتند که همهٔ مطالب وصیّت‌نامه برای شما روشن نشده و هنوز اشکالاتی دارید.»

«فقط كلمه، یا یك جمله‌اش را درست نفهمیدم؛ باقیش ترجمه شده. ولی از آنجایی كه امشب شب چهارده ماه است و موافق با شرایط موقعیّت نجومی است كه در وصیّت‌نامه قید شده، نمی‌توانم این اقدام را به تأخیر بیندازم. اشتباه چندان مهم نیست. در آخر وصیّت‌نامه می‌نویسد: پس از انجام مراسم «نیرنگ» یعنی عزایم، طلسم را در «آتر» افكند. نه، جمله این‌طور است: «چگون دنمن تلتم را بین آتر اوگندت سیمویه اور آخیزت»۱ یعنی چون این طلسم را در آتش افكند؛ سیمویه برخیزد. آیا مقصودش این است كه پس از انجام عزایم: آتش «افكند»؛ یعنی فرونشیند؛ یا آتش خاموش می‌شود؛ آن‌وقت باید منتظر بود كه مومیایی برخیزد؟ شاید مقصودش طلسمی است كه خطوط هندسی دارد و روی كاغذ جداگانه نوشته شده، باید پس از انجام نیرنگ Incantation آن را در آتش انداخت؛ آن‌وقت سیمویه برمی‌خیزد. صبر كنید؛ ترجمهٔ وصیّت‌نامه را كه در جیبم است؛ برایتان بخوانم.»

دكتر وارنر رفت روی صندلی راحتی نشست. كاغذی از جیبش درآورد و شروع به خواندن كرد: «به نام یزدان! من گوراندخت، دختر وندسپ مغ، درعین‌حال خواهر پادشاه و زن سیمویه، مرزبان برم دلك، شاه‌پسند و كاخ سپید هستم. ده سال زناشویی ما به طول انجامید؛ بی‌آنكه بچّه‌ای از تخمهٔ سیمویه به وجود آید. شوهرم طبق رسوم و دستور جاودان همسر دیگری اختیار كرد تا پسری بیاورد؛ ولی كوشش او بیهوده بود؛ چه به گواهی پزشكان، او مقطوع‌النّسل (اكار= بیكار) بود؛ امّا سیمویه از راه هوس‌رانی و

---

۱. چگون این تلتم را اندر آذر افكند سیمویه اورآ خیزد.

نه از راه انجام مقاصد دینی با زن جادویی مشورت کرد و پس از به کار بردن داروهایی، به دختر پستی از روسپیان دل باخت. با وجود عهد و پیمانی که بین من و او رفته بود که از تجدید زناشویی چشم بپوشد؛ در تصمیم خود پافشاری کرد. تمام وقت خود را در کاخ سپید با خورشید، دختر روسپی به عیش و نوش می‌گذرانید. از کار و فرمانروایی خود دست کشید و جلو خورشید به من توهین و تحقیر روا می‌داشت. بالأخره مراسم عروسی را فراهم آورد. من به موجب شرطی که با سیمویه کرده بودم؛ زنده به گور شدن را به تحمّل رسوایی و خوار شدن ترجیح دادم و برای انتقام، دست به دامن زن جادویی شدم. همان شب که جشن عروسی سیمویه و خورشید برپا بود؛ اکسیر جادوگر را در جام شراب ریخته به او خورانیدم و سیمویه در حالت موت کاذب (بوشاسپ) افتاد.

«زن جادو، وسیلهٔ دفع طلسم و زندن‌ا شدن سیمویه را در طلسم جداگانه به من داد؛ ولی من ترجیح دادم که با شوهرم زنده در گور بروم و خونم در قبر خوراک او بشود. خون هر سه ما را در طی اقامت طویل زیرزمینی خود بمکد تا خفّت همسری با خورشید را به خود هموار بکند! برای اینکه برادرم بداند که من به عهد خود وفا کرده‌ام؛ طلسمی که دوباره او را زنده خواهد کرد؛ در جوف وصیّت‌نامه است.

«ای کسی که این وصیّت‌نامه را می‌خوانی! بدان که سیمویه نمرده و در حالت بوشاسپ (موت کاذب) است. مطابق دستور زن جادو، مومیایی

۱- شاید «زنده شدن».

شده و به وسیلهٔ این طلسم زنده خواهد شد. برای این کار باید در ماه شب چهارده، بین تو و تابوت یک پرده فاصله باشد. بخوردان را برافروخته در مندل (یونه) بگذارند و بوی خوش در آن بریزند و این کلمات را به بانگ بلند ادا کنند. (اینجا متن کلماتی است که به پازند نوشته شده، گویا سریانی است. معنی آنها معلوم نیست و فقط باید خوانده شود. به‌هرحال دانستن معنی عزایم در مراسم جادوگری ضروری نیست.) بعد چون طلسم را در آتش اندازند؛ سیمویه برمی‌خیزد.»

همین مطلب اخیر را درست نفهمیدم؛ امّا چنان‌که ملاحظه می‌کنید؛ همهٔ دستورهای لازم را داده است.

دکتر وارنر کنجکاوانه نگاهش را به صورت فریمن دوخت و بعد وصیّت‌نامه را تا کرد و در جیبش گذاشت. فریمن سرش را تکان داد: «قصّهٔ حسادت ابدی زن!»

وارنر عینك خود را برداشت؛ پاك کرد و دوباره گذاشت:

«علاوه‌بر درام حسادت، نکات مهمّی برای من روشن شده. اوّلا زندگی داخلی یك حاکم عیّاش را در زمان ساسانیان بر ما مکشوف می‌کند. دیگر اینکه ناحیهٔ تخت ابونصر را «برم دلک، شاه‌پسند و کاخ سپید» می‌نامیده‌اند. دست خضر «باغ- زندان» بوده (این مطلب را از روی اسناد دیگر پیدا کرده‌ام).

«به‌علاوه بر ما ثابت می‌شود که در زمان ساسانیان ازدواج «خویتودس= خویشی دادن» یعنی زناشویی بین خویشان نزدیك و هم‌خون معمول بوده و

یا لااقل نزد حکّام و اشخاص بانفوذ مرسوم بوده؛ ولی چیزی که مهم است؛ تا کنون ما نمی‌دانستیم که در هر قبری، چرا چندین استخوان مرده پیدا می‌شود. اهالی اینجا می‌گفتند که در قدیم وقتی کسی زیاد پیر می‌شده و کاری از او برنمی‌آمده؛ جوانان او را با تشریفاتی بیرون شهر می‌بردند و زنده‌به‌گورش می‌کردند تا او به این وسیله روی زمین اسباب زحمت دیگران نشود. این اعتقاد نزد بعضی از طوایف افریقا هم با تغییراتی وجود دارد. من هم تا کنون به همین عقیده باقی بودم؛ ولی مطابق این سند معلوم می‌شود؛ هر مردی که می‌مرده؛ زن‌هایش را با او زنده چال می‌کرده‌اند تا در آن دنیا همدم او باشند. این اعتقاد در نزد ملل قدیم وجود داشته است.

«از طرف دیگر، چنان‌که همه‌مان ملاحظه کردیم؛ دهن مومیایی آلوده به چیزی شبیه خون خشک شده است. طبق عقاید عامه، اگر مرده‌ای کفن را به دندان بگیرد؛ بین زندگان مرگ‌ومیر می‌افتد. برای دفع بلا باید در قبرستان‌ها کاوش بکنند و بعد از آنکه مردهٔ خون‌خوار را پیدا کردند؛ سرش را به یک ضربت از تن جدا بکنند. در متن کاغذ پوستی نوشته شده که: «خون ما خوراک مرده بشود»؛ حالا من نمی‌خواهم داخل در جزئیّات عقاید عامه بشوم؛ امّا چیزی که مهم است؛ ما در اینجا یک سند حقیقی و تاریخی در دست داریم. آیا سیمویه در حالت موت کاذب از خون زن‌های خود تغذیه می‌کرده! آیا این خوراک برای چندین صد سال یک نفر کافی است؟ یا اینکه در این حالت، پس از مدّتی دیگر احتیاج به خوراک ندارند. من اعتقادی به خرافات ندارم؛ ولی در بی‌اعتقادی خودم هم متعصّب نیستم؛ فقط در عقاید آن زمان کنجکاو شده‌ام. صرف‌نظر از موهومات و خرافات، علوم

امروزه باید هر حادثهٔ حسّی و هر فنومنی را از شاخ و برگ‌هایی که به آن بسته‌اند؛ مجزّا کرده و در تحت مطالعهٔ دقیق قرار دهد؛ ولی...»

در این بین، گورست که به آهنگ والسی سوت می‌زد؛ سراسیمه وارد شد. یک سگ قهوه‌ای بزرگ هم دنبالش بود. گورست کلاه خود را روی میز پرتاب کرد و قاسم را صدا زد و دستور داد که شربت بیاورد.

دکتر وارنر دنبالهٔ حرف خود را برید و نگاهی به فریمن کرد.

وارنر به گورست گفت: «حالا با فریمن راجع به شما صحبت می‌کردیم.»

«لابد تعریفم را می‌کردید.»

وارنر: «قرار شد گوش شما را بکشم.»

«حرف‌های فریمن را باور نکنید؛ او مثل اوتللو حسود است. فقط آمدم به شما مژده بدهم که پیش‌آمد خوبی شده، امشب هر دو شما مهمان من هستید.»

دستی روی سر اینگا، سگ قهوه‌ای، کشید. وارنر پیپ خود را دوباره توتون ریخت و آتش زد و با تفنّن مشغول کشیدن شد. قاسم سه گیلاس شربت آورد و جلو آن‌ها گذاشت.

گورست از شربت چشید و گفت: «امشب هر دوتان در برم دلک مهمان من هستید. سه تا خانم هم آنجا هستند. می‌خواهم یک شب مثل «شب‌های عربی[1]» بگذرانیم. مگر ما در مشرق‌زمین نیستیم؟ تا حالا به‌جز

---

[1] الف لیله ولیله (هزارویک شب)

آفتاب سوزانش که به کلّهٔ ما تابیده و خاکش که توتیای چشممان کرده‌ایم؛ چیز دیگری عاید ما نشده. اصلاً از بس که ما میان استخوان مرده و اشیاء پوسیدهٔ دنیای قدیم زندگی کرده‌ایم؛ حس زندگی در ما کشته شده. دکتر! شما زندگی غریبی برای خودتان اختیار کرده‌اید. تمام روز را در اطاق دم‌کرده، زیر آفتاب مشغول مطالعه هستید. شب‌ها خوابتان نمی‌برد. اغلب بلند می‌شوید با خودتان حرف می‌زنید. تفریح و گردش را به خودتان حرام کرده‌اید و گرم کتاب شده‌اید. باور بکنید این کارها آدم را زود پیر می‌کند!»

وارنر: «از نصایح شما خیلی متشکّرم. ولی متأسّفم که امشب نمی‌توانم دعوت شما را اجابت بکنم و در صورتی که به حرف من گوش بدهید؛ به شما توصیه می‌کنم که امشب را با هم باشیم و به من قدری کمك بکنید؛ چون خیال دارم مطابق دستور وصیّت‌نامهٔ گوراندخت رفتار بکنم. امشب شب چهاردهم ماه است و تا یك ماه دیگر، کار ما تمام می‌شود و باید گزارش خودمان را تهیّه بکنیم؛ در صورتی که برای تفریح وقت بسیار است.»

گورست زد زیر خنده: «وصیّت آن زن رندی که همه‌مان را مسخره کرده؟ شوخی می‌کنید. من گمان نمی‌کردم که کار به اینجا بکشد. حالا جداً تصمیم گرفته‌اید که میمون پیر را زنده بکنید؟ شما تصوّر می‌کنید که جمعیّت روی زمین کم است! می‌خواهید یک نفر دیگر را هم به آن‌ها اضافه کنید! در این صورت، مجمع احضار ارواح نیویورك به ما نشان خواهد داد!»

هر سه نفر خندیدند. گورست گفت: «پنج ماه است که توی این بیابان، ما مثل سگ جان می‌کنیم و بعد از کشف قابل توجّه تابوت، گمان می‌کنم؛

حالا حق داشته باشیم؛ یک خرده تفریح بکنیم. تقصیر من است که به فکر شماها بودم! با اتومبیل رفتم شیراز، سه تا خانم و دو نفر سازن را به اصرار آنها با خودم آوردم. چیزی که غریب است؛ کشف تابوت، سر زبانها افتاده و این زنها گمان میکنند که ما گنج و جواهر زیادی پیدا کردهایم. در هر صورت الآن در برم دلک هستند. چادر زدهاند و امشب را آنجا میمانند. هیچکس هم در آنجا نیست. خلوت است. آیا از آن شیشههای ویسکی باز هم مانده؟ از حیث خوراک، همهٔ وسایل فراهم است. قاسم را فرستادم؛ همهٔ چیزها را آماده کرده».

دکتر وارنر با قیافهٔ جدّی: «من مخالفم که با اتومبیل میسیون از این قبیل تفریحات بشود. نباید فراموش کرد که مسئولیّت بزرگی به گردن ماست. اخلاق و رفتار ما را خیلی مواظب هستند. در اینجور جاهای کوچک، آدم آب بخورد؛ همه میدانند! دو روز دیگر، قاسم یا هر یک از کارگران، ممکن است؛ هزار جور حرف برای ما دربیاورند. من مایل نیستم که رسوایی راه بیفتد. به شما توصیه میکنم که این دفعه، آخرین دفعه باشد.»

گورست: «مطمئن باشید هیچکس ما را ندیده؛ چون آنها بیرون شهر آمده بودند؛ ولی چیزی که قابل توجّه است، امشب ساز شرقی هم داریم. سازنها جهودند و فقط سازهای بومی را مینوازند. شاید همان سازی است که در موقع آبادی این محل میزدهاند؛ وقتی که سیمویه در املاک خودش زندگی میکرده. گیرم پیرهمیمون شما بهتنهایی سه تا زن داشته؛ در صورتی که ما سه نفر، هرکدام بیش از یک زن نخواهیم داشت. باور بکنید؛ باید قدری هم

میان زنده‌ها زندگی کرد؛ امّا قبلاً به شما می‌گویم؛ خورشیدخانم که از همه کوچک‌تر است؛ مال من خواهد بود.»

وارنر ناگهان متفکّر: «خورشیدخانم؟»

گورست: «بله، خورشیدخانم. دختر بلندبالایی است که چشم‌های تابدار، صورت گرد و موهای سیاه دارد. از آن خوشگل‌های شرقی است. می‌دانید؛ اوّل او مرا پسندیده و برایم کاغذ فرستاده (رویش را به فریمن کرد). یادت هست روز یکشنبه، آن زنی که در برم دلك به من اشاره می‌کرد؟»

وارنر: «چه تصادفات غریبی! زن آخر سیمویه هم اسمش خورشید بود.»

گورست: «من گمان می‌کردم که شوخی می‌کنید؛ امّا حالا می‌بینم که این افسانه به‌کلّی فکر شما را سخت به خود مشغول کرده. آیا حقیقتاً تصوّر می‌کنید که اسکلت جان می‌گیرد و سرگذشت آن دنیای خودش را برای ما نقل می‌کند؟ در این صورت رُمان مضحکی خواهد شد؛ امّا هنوز به روز رستاخیز خیلی مانده. پس اگر جواهراتش را برداریم؛ به احتیاط نزدیک‌تر است. آن وقت بعد امتحان بکنید که مرده زنده می‌شود یا نه!»

وارنر با لحن جدّی: «دست به ترکیب مومیایی نباید زد.»

گورست: «پس اقلّاً خلع سلاحش بکنیم و قدّاره‌اش را برداریم که اگر زنده شد؛ ما را قتل‌عام نکند و جواهرات را با خودش ببرد.»

وارنر عینك خود را جابه‌جا کرد: «حق به جانب شماست که مرا دست می‌اندازید. حقیقتاً موضوع عجیب و باورنکردنی است. خودم هم به‌هیچ‌وجه مطمئن نیستم؛ ولی حالت مرگ کاذب پر از اسرار است. ما از

عملیّات جادوگران دنیای قدیم، اطلاعی نداریم. آیا درست ته چشم‌های این مومیایی نگاه کرده‌اید؟ چشم‌هایش می‌درخشد و زنده است؛ نگاه می‌کند. نگاه پر از شهوت، پر از کینه و شاید خجالت هم در آن دیده می‌شود. مثل این است که هنوز از زندگی سیر نشده. من تا کنون اقرار نکرده بودم؛ امّا شرارهٔ زندگی در ته چشم‌هایش مانده. بر فرض هم که زنده نشود؛ همان‌طوری که به فریمن گفتم؛ ما چیزی گم نکرده‌ایم؛ ولی در صورتی که زنده شد و یا فقط تکان خورد؛ فکرش را بکنید چه اتّفاق بی‌نظیری در دنیا خواهد بود!»

گورست: «تصوّر محال است. من می‌خواهم بدانم؛ آیا بعد از چندین صد سال، بر فرض هم که مرده مومیایی بشود و اعضای بدنش با وسایل مخصوصی تازه نگه داشته شود. همهٔ این‌ها فرض است؛ چون در این صورت ماموت را هم که زیر برف‌های سیبریه کاملاً حفظ شده باشد؛ ممکن است دوباره زنده کرد. آیا ممکن است به قول خودتان، بعد از چندین صد سال، مومیایی دوباره زنده شود؟»

دکتر وارنز: «من از شما دیرباورترم؛ امّا حالت موت کاذب فنومنی است که امروزه هم کم‌وبیش مشاهده می‌شود؛ مثلاً جوکیان هندوستان قادرند که از یک هفته الی چندین ماه زیر زمین مدفون بشوند و بعد دوباره به دنیای زندگان عودت کنند. این قضیّه به کرّات مشاهده شده. از طرف دیگر گمان می‌کنم که یک امر طبیعی بوده باشد. آیا حیواناتی که تمام فصل زمستان را می‌خوابند؛ در حالت موت کاذب نیستند؟ سیمویه به وسیلهٔ دارو یا طلسم یا قوای مجهولی در حالت موت کاذب افتاده و بعد با وسایلی که به ما

مجهول است؛ مومیایی شده. در این صورت اعضای تن او در اثر ناخوشی یا پیری مستعمل و فاسد نشده و حیات بالقوّهٔ خود را نگه داشته. اگر با نظر عمیق‌تری از علوم متداول که در مدرسه‌ها می‌آموزند و اعتقادات و خرافات مذهبی، به زندگانی نگاه بکنیم؛ خواهیم دید که در زندگی همه‌چیز معجز است. همین وجود من و شما که اینجا نشسته‌ایم و با هم حرف می‌زنیم؛ یک معجز است. اگر موهای سرم یک‌مرتبه نمی‌ریزد؛ معجز است؛ اگر گیلاس شربت با شیشه‌اش در دستم تبدیل به بخار نمی‌شود؛ یك معجز است. معجزهای مسلّمی که به آن‌ها خو گرفته‌ایم و برایمان امر طبیعی شده و هرگاه بر خلاف این اعجاز، امر طبیعی دیگری اتّفاق بیفتد که به آن معتاد نیستیم؛ برایمان معجز به شمار می‌آید. اگر امروز یکی از دانشمندان موفّق بشود که در لابراتوار خود، یك موجود زنده را مدّتی در حالت موت کاذب نگه دارد و به دلخواه خود این حالت را تولید بکند و بعد برای اثبات مدّعای خود، کتابی با فرمول‌های ریاضی و طبق قوانین فیزیکی و شیمیایی بنویسد؛ همه باور خواهند کرد. چون امروزه بشر از روی خودپسندی، اعتقادش از طبیعت بریده شده و به‌واسطهٔ کشفیّات و اختراعاتی که کرده، خودش را عقل کل می‌پندارد و ادعا دارد که همهٔ اسرار طبیعت را کشف کرده است؛ ولی در حقیقت از پی بردن به ماهیّت کوچک‌ترین چیزی ناتوان است. انسان مغرور، پرستش معلومات خود را مدرك قرار داده و می‌خواهد حادثات طبیعت، مطابق فرمول‌های او انجام بگیرد. در قدیم، بشر ساده‌تر و افتاده‌تر بود و بیشتر به معجزه اعتقاد داشته، به همین جهت بیشتر معجزه اتّفاق می‌افتاده. می‌خواهم بگویم که نزدیک‌تر به طبیعت و قوانین آن بوده و بهتر

می‌توانسته از قوای مجهول آن استفاده بکند. گمان نکنید که من مخالف علوم دقیق امروزه هستم؛ برعکس معتقدم که هر اتّفاقی از آن غریب‌تر نباشد؛ بشر کشف نکرده است. اگر غیر از این نباشد؛ چیز مضحک و باورنکردنی خواهد بود.»

گورست که کنجکاو به نظر می‌آمد: «من کاری به فرضیّات شما ندارم؛ شاید هم که این معجز بی‌سابقه ممکن باشد؛ ولی اگر در آزمایش خودمان موفق نشدیم و این فرض بسیار قوی است؛ فردا روبروی شوفر و کارگران، اهمّیّت و اعتبار ما از بین خواهد رفت و حرف ما نقل سر زبان‌ها خواهد شد.»

«من پیش‌بینی لازم را کرده‌ام. مخصوصاً شوفر را مرخّص کردم. فردا هم یکشنبه است. کاری نداریم. اینکه با رفتن شما مخالفت کردم؛ می‌خواستم با هم کمک کنیم؛ چون مطابق دستور، تابوت باید در اطاق مجاور باشد؛ یعنی همان جایی که هست و به وسیلهٔ یک پرده از تالار مجزّا بشود. بعد از کمک‌های جزئی، در صورتی که مایل باشید؛ می‌توانید به محل عشق‌بازی خودتان بروید و یا آنجا بالای اطاق ساکت می‌نشینید و عملیات را کنترل می‌کنید.»

گورست: «ولی چیزی که هست؛ در آن زمان شرایط مخصوصی برای انجام این مراسم به جا می‌آورده‌اند که امروزه فراموش شده.»

«تا آنجایی که در دسترس من بوده، مطالعات لازم را کرده‌ام. این مطلب را می‌دانم که عزایم باید میان خیط خوانده شود که به منزلهٔ حصاری در مقابل

قوای حافظ جادوگر به شمار می‌آید و خیط را باید با زغال و از روی اراده و ایمان محکم کشید. عزایم را باید به صدای بلند خواند؛ چون در جادو نفوذ و قدرت کلام و اطمینان به خود، اهمّیت مخصوصی دارد و همچنین بخور دانه‌های معطّر به تأثیر قوای ماوراءطبیعی می‌افزاید و اتمسفر مناسبی ایجاد می‌کند. از این حیث مطمئن باشید!»

گورست: «من گمان نمی‌کردم که حقیقتاً جدی است. در این صورت خواهم ماند.»

بعد از شام، دکتر وارنر و رفقایش تابوت سنگی را به‌زحمت جلو در اطاق خواب کشیدند. وارنر، پیه‌سوز جلو مومیایی را که مادّهٔ سیاهی ته آن چسبیده بود؛ روشن کرد و بخوردان برنز را از توی تابوت برداشت و به تالار آمد و پردهٔ جلو در را انداخت. فریمن فرش را تا نصفه پس زد؛ بعد بخوردان را آتش کرد. وارنر یک مشت کُندر و اسفند و صندل که قبلاً تهیّه کرده بود؛ روی گل آتش پاشید. دود غلیظ و معطّری در هوا پراکنده شد. بعد، دور خود با زغال روی زمین دایره‌ای کشید. کاغذ پوستی را از جیبش درآورد. جلو بخوردان ایستاد و از روی کاغذ با صدای بلند، مشغول خواندن عزایم شد. فریمن و گورست، ساکت ته تالار روی صندلی نشسته، تماشا می‌کردند و اینگا جلوی پای آن‌ها خوابیده بود.

وارنر کلمات عجیبی را خیلی شمرده می‌خواند که معنی آن‌ها را خودش هم نمی‌دانست؛ ولی در ضمن خواندن عزایم، طلسم جداگانه‌ای که رویش خطوط هندسی ترسیم شده بود از دستش لغزید و در بخوردان جلو او افتاد

و سوخت و بی‌آنکه او ملتفت بشود؛ در میان دود و بخور معطّر، حالت مخصوصی به وارنر دست داد. سرش گیج می‌رفت و یك نوع لرز آمیخته با ترس و حالت عصبانی به او مستولی شد؛ به‌طوری كه فاصله به فاصله، صدایش می‌خراشید و جلو چشمش سیاهی می‌رفت. ناگهان اینگا كه ظاهراً خواب و مطیع به نظر می‌آمد؛ بلند شد و به طرف در خیز برداشت و زوزه كشید؛ ولی گورست برای اینكه در مراسم عزایم خللی وارد نیاید؛ قلّادهٔ اینگا را گرفت و به زور او را برد و زیر میز خوابانید. در صورتی كه سگ به حال شتاب‌زده جست‌وخیز برمی‌داشت و می‌خواست از اطاق بیرون برود. درهمین‌وقت وارنر با صدای لرزانی چند كلمهٔ نامفهوم ادا كرد؛ ولی مثل اینكه پایش سست شد یا در اثر دود و كوشش فوق‌العاده گیج شده بود؛ به حالت عصبانی زمین خورد. گورست و فریمن او را برده روی نیمكت خوابانیدند.

همان وقت كه طلسم در آتش افتاد؛ جلو روشنایی پیه‌سوز كه بوی خوشی از آن پراكنده می‌شد؛ لرزه‌ای بر اندام مومیایی افتاد. عطسه كرد؛ سرش را بلند كرد و با حركت خشكی از جایش برخاست. از تابوت بیرون آمد؛ به طرف پنجرهٔ اطاق رفت و پنجره را كه وارنر فراموش كرده بود؛ محكم ببندد؛ باز كرد و خارج شد. هیكل بلند سیاه و خشك او با قدم‌های شمرده به طرف آبادی «دست خضر» روانه گردید.

نسیم ملایمی می‌وزید؛ آسمان مثل سرپوش سربی سنگین و شفّاف بود و روشنایی خیره‌كننده‌ای از ماه كه به نظر می‌آمد؛ پایین آمده است؛ روی تپّه و ماهور پراكنده شده بود كه طبیعت را بی‌جان و رنگ‌پریده جلوه می‌داد.

مثل اینکه این منظره مربوط به این دنیا نبود. دست راست دروازهٔ تخت جمشیدی با سنگ سیاهش، یگانه بنایی بود که از زمان سابق بر پا بود. باقی دیگر گودال‌ها و مغاک‌هایی بود که تل‌های خاک کنارش کود شده بود. سایهٔ سیمویه، بلندتر از خودش دنبال او روی زمین کشیده می‌شد.

در این وقت زوزهٔ اینگا از توی تالار بلند شد؛ ولی سیمویه بی‌آنکه التفاتی بکند؛ قدم‌های مرتّب و بلند برمی‌داشت؛ مثل اینکه به وسیلهٔ کوک و یا قوّهٔ مجهولی به حرکت افتاده باشد. نگاهش خیره و بُراق به زمین دوخته شده بود؛ گویا مهتاب چشمش را می‌زد و به نظر می‌آمد که هنوز ملتفت تغییرات وضعیّت کنونی با زمان خودش نشده بود. افکارش در بخار لطیف شراب موج می‌زد؛ همان شراب ارغوانی سوزان که از دست خورشید گرفت و نوشید و بیهوش شد!

در آبادی دست خضر و برم دلك، از دور چند چراغ می‌درخشید؛ امّا سیمویه مثل اینکه آخرین نشئهٔ شرابی که نوشیده بود؛ از سرش بیرون نرفته باشد؛ در یادبود آخرین دقایق زندگی سابقش غوطه‌ور بود. یك نوع زندگی افسانه‌مانند محو و مغشوش، یك نوع زندگی شدید و پر حرارت در باقی‌ماندهٔ یادبودهای زندگی پیشین خود می‌کرد. او تصوّر می‌کرد که در املاک سابق خودش قدم می‌زند؛ همهٔ فکر او متوجّه خورشید بود. یادبودهای مخلوط و محو از اوّلین برخوردی که با خورشید کرده بود؛ در مغزش مجسّم شده و جان گرفته بود. مثل اینکه زندگی او فقط مربوط به این یادبودها بود و به عشق آن زنده شده بود!

سیمویه مجلس اوّلین برخورد خود را با خورشید به یاد آورد! آن روزی که با چند تن از گماشتگان خود به شکار رفته بود. در بیابان، خسته و تشنه به چادری پناه بُرد. یک دختر بیابانی با چهرهٔ گیرنده و چشم‌های درشت تابدار جلو چادر آمد. برجستگی پستان‌های لیمویی او از زیر پیرهن سرخ چین‌دار نمایان بود. تنبان بلند و گشادی تا مچ پایش پایین آمده بود و پول طلایی، جلو سربند او آویخته بود. با لبخند دل‌ربایی دولچهٔ چرمی که پر از دوغ سرد مثل تگرگ بود؛ از چاه بیرون آورد و به دست او داد. وقتی که سیمویه دولچهٔ دوغ را به او رد کرد؛ دست دختر را در دست خودش گرفت و فشار داد. خورشید دست خود را با تردستی و حرکت ظریفی از دست او بیرون کشید. دوباره لبخند زد. دندان‌های محکم سفیدش بیرون افتاد و گفت: «تو هم دلت سرید؟» چون خورشید نمی‌دانست که مهمان او سیمویهٔ مرزبان است. این جمله تا ته قلب سیمویه اثر کرد. آیا زن جادو به او دستور نداده بود که برای تقویت و جوانی باید با دختران باکره معاشرت بکند و دختران اعیانی که به او معرّفی کردند؛ هیچ‌کدام را نپسندیده بود.

این پیش‌آمد کافی بود که سیمویه دل خود را ببازد و حقیقتاً دل سیمویه سُرید! با وجود شرطی که با زن اوّلش گوراندخت کرده بود؛ از این روز به بعد، تمام هوش و حواسش پیش دختر بیابانی بود. چندین‌بار پیشکش‌هایی برایش فرستاد و بالأخره با وجود بهتان و نارواهایی که زن اوّلش از روی حسادت به خورشید می‌زد و خود او را تهدید به کشتن کرده بود؛ رسماً به خواستگاری خورشید فرستاد و شب عروسی، جشن مفصّلی بر پا کرد.

همان شب وقتی که سیمویه به طرف برم دلك رفت؛ آتش زیادی افروخته بودند. مهمانان هلهله می‌کشیدند؛ کف می‌زدند؛ شراب می‌نوشیدند و دور آتش می‌رقصیدند. صورت‌های برافروخته و مست آن‌ها، جلو آتش زبانه می‌کشید و به طرز وحشتناکی روشن شده بود.

سیمویه مطابق سنّت، از میان جمعیّت، گردش‌کنان دنبال خورشید می‌گشت تا بالأخره جلو مجلسی رسید که خنیاگران مشغول ساز و آواز بودند. خورشید با لباس جواهردوزی، کنار مجلس، روی کندهٔ درخت نشسته بود. سیمویه از پشت درختان، سه بار خورشید را صدا زد. خورشید با حرکت دل‌ربایی، از توی سینی یك جام شراب ارغوانی برداشت؛ به طرف سیمویه رفت و جام را به دست او داد. سیمویه دستش را به کمر خورشید انداخت و آهسته زیر درختان کاج پنهان شدند. بعد به تنهٔ درختی تکیه کرد و اندام باریك و پر حرارت خورشید را در آغوش کشید و روی سینهٔ فراخ خود فشار داد. خورشید چشم‌هایش را به هم گذاشت. سیمویه جام شراب ارغوانی را که از دست خورشید گرفته بود؛ تا ته سر کشید. جام را دور انداخت و لب‌های خود را به طرف دهن نیمه‌باز خورشید برد؛ ولی خورشید سر خود را برگردانید و لب‌هایش روی گردن او چسبید. ناگهان شراب قوی و سوزان در تمام رگ و پی سیمویه ریشه دوانید و سیمویه از حال رفت. پاهایش لرزید و سرمایی از دست‌ها و پاهایش به قلب او نفوذ کرد. بعد دیگر نفهمید چه شده است.

حالا به نظر سیمویه می‌آمد که از خواب مستی خود بیدار شده؛ ولی هنوز بخار شراب، جلو خاطره و فکر او پردهٔ تاریکی گسترده بود. افکارش همه در بخار لطیف شراب موج می‌زد و می‌جوشید و در تمام هستی خود، عشق سوزان و دیوانه‌واری برای خورشید حس می‌کرد. تشنهٔ خورشید بود. او احتیاج به تن گرم، چشم‌های گیرنده و اندام باریک خورشید داشت. احتیاج به روشنایی، به هوای آزاد و ساز داشت. مثل اینکه مستی او هنوز از سرش درنرفته بود. صدای دور و خفهٔ سازی که در جشن عروسی او می‌نواختند؛ در گوشش زنگ می‌زد. میان همهمه و جنجال، صورت‌ها، رقص غلامان و کنیزان در جلو آتش که همه به‌طور محو و پاك شده، به شکل دود در مغزش نمودار می‌گردیدند و سپس محو می‌شدند؛ بعد منظرهٔ دیگر جلوه‌گر می‌شد؛ خورشید را جستجو می‌کرد. صورت او جلو چشمش بود.

شبح پر از احساسات شهوتی سیمویه با قدم‌های شمرده و حالت خشك، گردن شق و بی‌حرکت از آبادی «دست خضر» گذشته به طرف برم دلك، رهسپار گردید و سایهٔ دراز او به دنبالش به زمین کشیده می‌شد.

سه خانمی که برای خاطر گورست و همکارانش به برم دلك آمده بودند؛ زیر درخت‌ها کنار آب فرش انداخته، مزّه و مشروبی که قاسم برای آن‌ها تهیّه کرده بود؛ چیده بودند و کلّه‌شان گرم شده بود. خورشید روی کندهٔ درختی نشسته بود. یکی از آن‌ها دراز کشیده، اشعاری با خودش زمزمه می‌کرد و دیگری که با سازن‌ها گرم صحبت بود؛ با دلواپسی پی‌درپی به ساعت مچی خودش نگاه می‌کرد. بالأخره برگشت و به خورشید گفت:

«اینا نمییادشون، شاممون بخوریم بابا!»

خورشید جواب داد: «هنوز دیر نشده».

«اینم فرنگیمون! میگن خوش‌قولی را باید از فرنگی‌ها یاد گرفت!»

«گورس حتماً می‌آد؛ خیلی خوش‌قوله.»

«این فرنگی گشنه‌ها که تیله‌کَنی می‌کنن؛ داخل آدم حساب نمی‌شن‌ها»

خورشید: «بَه، پس نمی‌دونی هفتهٔ پیش به اصرار محترم، سر راه پیاده شدیم. رفتیم تماشای تیله‌کن‌ها. سی، چهل عمله زیر دستشون کار می‌کردن. گورس شکل عروسك فرنگی با موهای گلابتونیش زیر آفتاب وایساده بود. من جیگرم کباب شد. حالا می‌آد می‌بینی که من دروغ نمی‌گم. ما رو که دید؛ برگشت تو صورت من خندید. می‌دونی من به توسّط قاسم، نوکرشون، براش پیغوم فرسادم. تا حالا چهار مرتبس که همدیگه رو می‌بینیم. یه دفه وعده خلافی نکرده.»

«خوب، خوب، ما اینجا نیومدیم خوشگلی تحویل بگیریم؛ می‌خواسّم بدونم پول‌وپله هم تو دسّشون هست یا نه؟»

«مگه بهت نگفتم؟ انقد طلا و جواهر پیدا کردن که نگو! یه قبر شکافتن که توش پر از الماس و جواهر بوده، با هفتا خم خسروی که روش اژدها خوابیده بود. به خیالت من دروغ می‌گم؟ می‌گی نه، از قاسم بپرس.»

«اگه می‌دونسم که نمییان، من به یه نفر قول داده بودم.»

«بَه! کی رو می‌خواسّی بیاری؟ جواد آقای تو، انگوش کوچیکهٔ گورس حساب نمی‌شه.»

«تو هم ما رو با گورس خودت کشتی! اون دوتای دیگه چطورین؟»

«اونام خوبن، من فقط یکی‌شونو دیدم.»

زنی که روی قالیچه دراز کشیده بود و با خودش زمزمه می‌کرد؛ گفت: «شما ماشاآلّا چقدر حوصله دارین، می‌خوان بیان، می‌خوانم هرگز سیام نیان». (رویش را به ساززن‌ها کرد): «رحیم‌خان، قربون دستت! یه دسگاه ساز حسابی بزن».

رحیم‌خان قانون‌زن با صورت قرمز و مطیع، فوراً روی ساز خود خم شد و به آهنگ مخصوصی شروع به نواختن کرد. مرد کوتاه آبله‌رویی که پهلویش نشسته بود؛ دنبک را برداشت و به همان آهنگ، یك ترانۀ جهرمی را می‌خواند:

«بلندی سیل عالم می‌کنم من، یار جونی،

نظر بر دوس و دشمن می‌کنم من، یار جونی،

یکیم شب دیگه ما رو نگهدار، یار جونی،

که فردا دردسر کم می‌کنم من، یارجونی، مهربونی؛

به قربونت می‌رم تو که نمی‌دونی،

سر دو دو می‌رم خونیه فلونی، یار جونی،

صدای نی می‌آد، نالۀ جوونی، یار جونی، عزیز من،

دلبر من،

ازین گوشۀ لبات کُن منزل من!...»

زن‌ها می‌خندیدند و گیلاس‌های شراب را به سلامتی یکدیگر به هم می‌زدند؛ امّا خورشید گیلاس خود را بلند کرد و به سلامتی «گورس» سر کشید.

ناگهان از پشت درخت‌ها هیکل بلند و تاریکی که لباس زردوزی به برداشت؛ پیدا شد. مثل اینکه چراغ چشمش را می‌زد. پشت سایۀ درخت ایستاد و صورتش را پایین گرفت. بعد صدای خفه‌ای از جانب او آمد که گفت: «خورشید، خورشید؟...»

صدای او آهنگ گورست را داشت. خورشید گیلاس شراب را پر کرد؛ برداشت و به طرف صدا دوید. به خیالش که گورست محض شوخی پشت درخت‌ها قایم شده؛ ولی همین که جلو هیکل تاریک رسید؛ دید که یک دست استخوانی خشك شده، گیلاس را از او گرفت و دست دیگری محکم دور کمرش پیچید. خورشید دستش را به گردنبند او انداخت. امّا همین که هیکل ترسناك، گیلاس را با حرکت خشکی سر کشید و صورت وحشتناك مرده را دید؛ چشم‌هایش را بست و فریاد کشید و لب خود را چنان گزید که خون از آن جاری شد.

با حرکت سریع و غیرمنتظره‌ای، دهن سیمویه روی گلوی خورشید چسبید؛ مثل اینکه می‌خواست خون او را بمکد. ناگهان در اثر شراب و فریاد خورشید، مستی سنگینی که تا کنون جلو چشم سیمویه را گرفته بود؛ از سرش پرید. مثل اینکه پرده‌ای از جلو چشمش افتاده و به وضع و موقعیّت حقیقی خود، آگاه شد. اصلاً حالت صورت این زن او را هشیار کرد؛ چون

علاوه‌بر شباهت، همان حالتی بود که صورت خورشید در زندگی سابقش داشت و آشکارا دید که این زن از زور ترس و وحشت خودش را به او تسلیم کرده بود. در صورتی که چنگالش به گردنبند او قفل شده بود. برای گردنبند بود؛ همان‌طوری که در زندگی سابقش، خورشید نسبت به او علاقه نشان داده بود و تا حالا با یک امید موهوم زنده بود! به امید عشق موهومی، سال‌ها در قبر انتظار خورشید را کشیده بود؟...

یک‌مرتبه خورشید را رها کرد و مثل اینکه قوای مجهولی از او سلب شده، با وزن سنگینی روی زمین غلتید.

خورشید مثل کسی که از چنگال کابوس هولناکی آزاد شده باشد؛ دوباره فریاد کشید و از هوش رفت.

در همین وقت دکتر وارنر و فریمن و گورست با اینگا وارد شدند. همین که خواستند سیمویه را از زمین بلند کنند؛ دیدند تمام تنش تجزیه و تبدیل به یک مشت خاکستر شده و یک لك بزرگ شراب روی لباسش دیده می‌شد. جواهرات و لباس و قدّارهٔ او را برداشتند و مراجعت کردند. دکتر وارنر شبانه به‌دقّت روی آن‌ها را نمره گذاشت و ضبط کرد.

تجلّی

هوا کم‌کم تاریک می‌شد، هاسمیك لبۀ کلاه را تا روی ابروهایش پایین کشیده، یخۀ پالتوی ماشی را به خودش چسبانیده بود و با قدم‌های کوتاه، ولی چابك به سوی منزل می‌رفت. امّا به قدری فکرش مشغول بود که متوجّه اطراف خود نمی‌شد و حتّی سوز سردی را که می‌وزید؛ حس نمی‌کرد. جلو چراغ، ابروهای باریك، چشم‌های درشت خیره و لب‌های نازك او در میان صورت رنگ‌پریده‌اش، یك حالت دور و متفکّر داشت.

هاسمیك علاوه‌بر اینکه خاطرخواه سورن بود؛ حس وظیفه‌شناسی و پایداری در قولی که داده بود؛ بیشتر او را شکنجه می‌کرد. این خبر شومی که امروز از شوهرش شنید که شب سه‌شنبه را در خانۀ برادر شوهرش دعوت دارد؛ همۀ نقشه‌هایش را به هم زد؛ زیرا هاسمیك ناگزیر بود از «رانده‌ووِیی» که به سورن داده بود؛ چشم بپوشد. گرچه به‌هیچ‌وجه مایل نبود که سورن را غال بگذارد؛ ولی بدقولی را بدتر می‌دانست؛ اتّفاقی که هرگز برایش رخ نداده بود. چون پیش خود تصوّر می‌کرد؛ هرگاه به وعده‌گاه نرود و یا قبلاً به سورن اطلاع ندهد؛ نه‌تنها خطایش پوزش‌ناپذیر خواهد بود؛ بلکه دشنام به شخصیّت خودش می‌باشد.

به‌همین‌دلیل امروز از صبح تا حالا مشغول دوندگی و در جستجوی سورن بود! امّا در همه‌جا تیرش به سنگ خورد. وآنگهی این مطلبی نبود که به هرکسی ابراز بکند یا به توسّط کسی به او بنویسد و یا پیغام بفرستد. حتّی رویش نمی‌شد؛ این موضوع را به دوست جان در یك قالب خود سیرانوش

بگوید که به وسیلهٔ او به سورن معرّفی شده بود. می‌خواست طوری وانمود بکند که به‌طور اتّفاق با سورن برخورد کرده است؛ آن‌وقت پوزش بخواهد و قضیّه را بگوید. طبیعتاً امشب سورن به کافهٔ «کنسرت»، پاتوغ همیشگی خودش هم نمی‌رفت! چون شب درس ویلون او پیش واسیلیچ، ویولونیست کافه بود. حالا که از همه‌جا سرخورده بود؛ می‌خواست به هر وسیله، سورن را نزدیك پانسیون واسیلیچ پیدا بکند و این مطلب را به او بگوید تا اقلّاً پیش خودش شرمنده نباشد و خوش‌قولی خود را به سورن ثابت بکند؛ زیرا این آشنایی یگانه پیش‌آمد غریب و گوارا در زندگی یکنواخت هاسمیك به شمار می‌رفت.

یادش می‌آمد چند سال پیش، به اصرار یکی از دوستانش نزد فالگیری رفت که از روی لِرد قهوه فال می‌گرفت. به او گفته بود که یك دورهٔ عشقی در زندگی او با یك جوان لاغراندامِ بلندبالا و خوش‌سیما روی خواهد داد. آن روز هاسمیك به حرف زن فالگیر باور نکرد. ظاهراً بیزاری نمود؛ ولی در ته دل شاد شد. شاید پیشگویی آن زن بالأخره او را وادار کرد که با سورن اظهار عشق بکند[۱]؛ زیرا این پیش‌آمد را در اثر سرنوشت خود می‌دانست. اکنون به هیچ قیمتی نمی‌خواست؛ این فرصت را از دست بدهد؛ چون شوهرش با آن سر طاس، شکم پیش آمده و ریش زبری که دو روز یک‌مرتبه می‌تراشید و مثل سگ پا سوخته دنبال پول می‌دوید و اسکناس‌های رنگین را روی هم جمع می‌کرد؛ هرگز نمی‌توانست آرزوهای او را برآورد. خوشبختانه

۱- در نسخه چاپی، «بکنم» آمده است.

شوهرش نسبت به او اطمینان کامل داشت یا اصلاً اهمّیّت نمی‌داد؛ چون او را زن گرفته بود؛ مثل اثاثیهٔ خانه، یك جور بیمه برای زندگی مرتّب و آرام، تأمین آشپزخانه و رختخواب بود. یك نوع پیش‌بینی برای روز پیری و فرار از تنهایی بود تا صورت حق‌به‌جانب در جامعه به خود بگیرد. فقط می‌خواست آدم مطمئنی به كارهای داخلی خانه‌اش رسیدگی بکند و بس. به آمدوشدهای هاسمیك هیچ وَقعی نمی‌گذاشت. بر فرض هم كه هاسمیك را زیر استنطاق می‌کشید؛ او همیشه می‌توانست به آسانی بهانه‌ای بتراشد؛ امّا از زیر بار دعوت برادر شوهرش به هیچ عنوانی نمی‌توانست؛ شانه خالی بکند و از طرف دیگر هم نمی‌خواست؛ به سورن بدقولی کرده باشد و یا او را به این آسانی از دست بدهد. هنوز سه ربع به تمام شدن درس سورن باقیمانده بود. از این قرار، هاسمیك وقت داشت که به خانه رفته، بزك خود را تكمیل بکند و بعد جلو پانسیون واسیلیچ برود که نزدیك منزل او بود و انتظار خروج سورن را بکشد.

هاسمیك همین‌طور که در فکر غوطه‌ور بود؛ با خودش نقشه می‌کشید. صدای بوق اتومبیلی رشتهٔ افکارش را از هم گسیخت. به طرف پیاده‌رو رفت. دم خرابات بَستی که بوی كلم از آن بیرون می‌زد و گروهی سر میز بیلیارد با جار و جنجال مشغول بازی بودند؛ ناگهان میان جمعیّت ملتفت شد؛ دید واسیلیچ، استاد سورن، مست لایعقل با موهای پریشان، صورت رنگ‌پریده و شانه‌های پایین‌افتاده، در حالی که جعبهٔ ویلون را زیر بغلش زده بود؛ از خرابات بیرون آمد. هاسمیك به ساعت مچی خود نگاه كرد؛ شش و بیست دقیقه بود. از خودش پرسید: «با وجودی که از موقع درس سورن گذشته،

چطور می‌شود که او استاد و هنوز به منزل نرفته است؟» ولی فوراً منتقل شد که تعجّب او بی‌جاست و لابد شاگردش هم به حال او آشنایی دارد. یادش آمد؛ یک شب دیگر هم واسیلیچ را به همین حالت دیده بود که از همین خرابات، مست و شنگول بیرون آمد و به طرف یکی از این زن‌های کوچه‌ای رفت و چیزی به او گفت. آن زن با صورت بزک کردهٔ رنگرزی شده، برگشت و گفت: «برو گم شو؟ خجالت نمی‌کشی؟ خاک به سرت، تو که مرد نیستی. همون یه دفه هم که آمدم؛ از سرت زیاد بود! آدم پیش سگ بره بهتره...» بعد! با صدایی خراشیده خندید. آن‌وقت واسیلیچ با قیافهٔ وحشت‌زده از خجالت برگشت و هاسمیك را در چند قدمی خود دید. نگاه زیرچشمی به او انداخت؛ مثل اینکه گناهی از او سر زده باشد؛ قدم‌هایش را تند کرد و از میان تاریکی رد شد؛ چون او مشتری هر شب خود، هاسمیك را می‌شناخت که در کافه کنسرت برای هر قطعهٔ سازی زیاد دست می‌زد؛ با لبخند مؤدبی سر خود را به علامت تشکّر به طرف او خم می‌کرد. شاید از این جهت خجالت کشید!

در همان شب هاسمیك تعجّب کرد. این مرد که وقتی در کافه ویلون می‌زد؛ با احساسات مردم بازی می‌کرد و قادر بود حالات گوناگون از لغزش آرشهٔ جادویی خود روی سیم ویلون تولید کرده و شنوندگان را در دنیاهای ناشناس افسونگر سیر و سیاحت بدهد؛ چطور ممکن بود که احتیاجات مردمان معمولی را داشته باشد؟ زیرا وقتی که واسیلیچ با آن حالت جدّی و لبخند متکبّر ویلون را در دست می‌گرفت؛ به صورت یک نیمچه‌خدا در نظر هاسمیك جلوه می‌کرد. امّا بعد از پیش‌آمد آن شب، بی‌آنکه از ارزش

واسیلیچ در نظر هاسمیك بكاهد؛ فقط تا اندازه‌ای به بدبختی و سرگردانی او پی برد و فهمید همهٔ كیف‌هایی كه برای مردم معمولی جایز بود؛ برای كسی كه دنیاهایی مافوق تصوّرات و لذایذ سایرین ایجاد می‌كرد؛ غیرممكن بود و او كوشش می‌كرد؛ در پسمانده و وازدهٔ كیف دیگران، لذّت موهومی برای خودش جستجو بكند. از آن شب، در هاسمیك یك نوع احساس مبهم ترحّم و ستایش برای این شخص ولگرد پیدا شده بود. مردی كه آن‌قدر با شور و حرارت «چارداش» را در كافه می‌نواخت؛ مثل اینكه می‌خواست همهٔ بدبختی‌ها و سرگردانی‌های خود را به شكل نالهٔ سوزناك از روی سیم ویلون بیرون بكشد و با یك لحظه دردهای خود را فراموش بكند؛ ولی همین كه در جعبهٔ ویلون را می‌بست؛ یك موجود بدبخت، یك آدمیزاد بیچاره می‌شد و از درجهٔ نیمچه‌خدایی به گرداب مذلّت و ناتوانی سقوط می‌كرد! مثل اینكه ویلون اسباب بدبختی او شده بود. با وجود این، جعبهٔ سیاه ویلون را مانند تابوت همهٔ افكار و احساسات خود در هر خرابات و دكان پیاله‌فروشی همراه می‌برد.

آیا برای این مرد ریشه‌كن‌شدهٔ ولگرد چه اهمّیّتی داشت كه دیر یا زود به خانه برود؟ آیا از كسی كه هر زنی را سر راه خود می‌دید؛ دعوت می‌كرد؛ چه توقّعی می‌شد داشت؟ هاسمیك به قدم‌های گشاد لاابالی واسیلیچ نگاه می‌كرد و سعی داشت كه چند ذرع با او فاصله داشته باشد. در ضمن امیدوار بود كه سورن را جلو پانسیون او ببیند؛ شاید وسیله‌ای پیدا كند كه مطلب خود را به او بگوید. واسیلیچ از دو كوچه گذشت؛ پیچ خورد و جلو منزلش رسید. هاسمیك ناامید شد؛ چون سورن را سر راه و یا جلو پانسیون

واسیلیچ ندید. پیش خودش گمان کرد: «لابد او در دالان یا در اطاق منتظر استادش است». به‌علاوه پنجرهٔ اطاق واسیلیچ روشن بود.

چرا پنجره روشن بود؟ لابد کسی در اطاق اوست و این شخص حتماً سورن بود. کمی مکث کرد؛ صدای ویلون بلند شد. هاسمیك جلو پنجره رفت و کوشش کرد که از پشت پارچهٔ جلو پنجره، داخل اطاق را ببیند؛ امّا کوشش او بیهوده بود. گوش داد. صدای حرف هم شنیده نمی‌شد. پیش خودش این‌طور دلیل آورد: «ویولونیست باید سر ساعت هفت در کافه باشد؛ پس سورن هم ناچار با او بیرون خواهد آمد. در این صورت بهتر است که به خانه رفته، آرایش خود را تکمیل بکنم و برگردم».

هاسمیك به‌تعجیل به طرف خانه رفت؛ یکسر وارد اطاق خواب شد. چراغ را روشن کرد. جوراب ابریشمی پشت‌گلی پوشید؛ ناخن‌های دستش را جلا داد؛ عطر به سر و سینه‌اش زد؛ پودر به صورتش مالید و لب خود را سرخ کرد. در آینه که نگاه کرد؛ در اثر استعمال عطر هلیوتروپ یك نوع سرگیجهٔ گوارا به او دست داد. یخهٔ پالتو را از روی کیف به خودش پیچید و کلاه را به‌دقّت سرش گذاشت. چند دقیقه از روبه‌رو و نیم‌رخ، خودش را در آینه برانداز کرد و با لبخند راضی و خرسند از در بیرون رفت؛ ولی مثل چیزی که مطلبی به خاطرش رسید؛ دوباره برگشت و به خدمتکار سپرد؛ هر وقت شوهرش آمد؛ به او بگوید که خانم، به دیدن یکی از رفقای هم‌مدرسه‌ای خودش رفته است.

ده دقیقه به هفت مانده؟ هاسمیك دستپاچه خارج شد. در كوچهٔ پانسیون واسیلیچ كه رسید؛ چراغ پنجره هنوز روشن بود و همین كه نزدیك رفت؛ صدای ویلون شنیده می‌شد. چند بار به طول كوچه آهسته قدم زد. هیكل هر گذرنده‌ای را كه می‌دید؛ از ترس برخورد با آشنا دلش می‌تپید و خودش را پشت تنهٔ درخت و یا در كوچهٔ تنگ و تاریكی كه در آن نزدیكی بود؛ پنهان می‌كرد. آیا اگر در وقت بزنگاه آشنایی به او برمی‌خورد؛ چه می‌توانست بگوید؟ این زن‌های دوبه‌هم‌زن كینه‌جو و بدزبان كه با چشم‌های كنجكاو از لای در، از پشت پنجرهٔ خودشان گوش به زنگ هستند و منتظرند؛ روی یك نفر لك بگذارند. این‌همه مردمان بدجنسی كه در دنیا پیدا می‌شوند و فقط از سرگردانی و بدبختی دیگران لذّت می‌برند.

آیا همسایهٔ خود او و شوشیك، پشت سرش نگفته بود كه هر شب در كافه به واسیلیچ چشمك می‌زند؟ اگر او را در اینجا و در این حال می‌دید كه جلو خانهٔ واسیلیچ پرسه می‌زند؛ چه رسوایی! آبرویش به‌كلّی به باد می‌رفت. در این وقت حس كرد كه ضربان قلبش تند شد.

هیكل مردی از پانسیون بیرون آمد. هاسمیك بی‌باكانه با قدم‌های تند به او نزدیك شد؛ ولی یك نفر غریبه بود. در این لحظه كنجكاوی و بی‌حوصلگی زیادی داشت. یك‌جور حس تازه‌ای در خودش كشف كرد. درعین‌حال كه از مردم گذرنده می‌ترسید و درد انتظار و سرگردانی را متحمّل می‌شد؛ یك نوع لذّت حقیقی می‌برد. شاید برای این بود كه چشم به راه سورن بود؟ یاد یكی از رمان‌هایی كه خوانده بود؛ افتاد. از آن رمان‌های پرگیرودار و ماجراجو بود.

در این وقت حس می‌کرد که بازیگر رمان شده است. تا کنون او مزّهٔ انتظار، اضطراب و عشق‌بازی دزدکی را نچشیده بود؛ چون در ایّام جوانی هیچ‌وقت فرصت عشق‌بازی پیدا نکرده بود. از همان وقت که چشم و گوشش باز شد؛ او را نامزد همین مرد کردند؛ امّا شوهرش از ریزه‌کاری‌های عشق چیز زیادی سرش نمی‌شد. حالا او خودش را دختربچّه و بازیگر رمان افسون‌آمیز و باورنکردنی تصوّر می‌کرد.

صدای ویلون گاهی می‌برید و دوباره شروع می‌شد. زمانی یک برگردان را مدّت درازی تکرار می‌کردند؛ به‌طوری که هاسمیک از شنیدن آن بیشتر عصبانی می‌شد و از جا درمی‌رفت. چه کار احمقانه‌ای که یک نت را صد مرتبه تکرار بکنند! ولی همین که پیش خودش گمان می‌کرد؛ شاید سورن باشد؛ اضطراب او فروکش می‌کرد. آیا سورن ویلون را زیر چانه‌اش گرفته بود و با آن انگشتان بلند عصبانی، آرشه را روی سیم می‌غلتانید؟ آیا چشم‌هایش هم برق می‌زد؟ آیا چه‌جور ویلون را گرفته؟ به جلو خم شده یا مثل مجسّمه صاف ایستاده؟ امّا او باید آهنگ‌های غم‌انگیز و عاشقانه بزند؛ نه اینکه یک برگردان را صد مرتبه تکرار بکند! آیا ممکن است همین انگشتان بلند عصبانی، به تن او مالیده بشود؟ لب‌های درشت شهوتی او روی لب‌هایش ساییده بشود و بالأخره این وجودی که به نظر هاسمیک یکپارچه مغناطیس می‌آمد؛ اندام او را در آغوش بگیرد و هزاران کلمات عشق‌انگیز بیخ گوش او زمزمه بکند؟ هاسمیک لب خود را گزید و سرش را بی‌تابی تکان داد.

هفت و ده دقیقه! چطور هنوز درس او تمام نشده؟ چرا واسیلیچ پی کار و بار زندگی خودش به کافه نمی‌رود؟ شاید ساعت ندارد؛ امّا غیرممکن است؛ ولی برای این مرد لاابالی چه اهمّیّتی داشت که به کافه برود یا نرود؟ شاید اصلاً استعفا داده بود. اطراف خودش را نگاه کرد. به پنجرهٔ اطاق واسیلیچ نزدیك شد. به نظرش آمد که سایهٔ یک نفر را در اطاق تشخیص داد؛ امّا این سایه آن‌قدر محو بود! به دقّت گوش داد. نه، صدای حرف شنیده نمی‌شد. شاید می‌خواست بیرون بیاید. خودش را کنار کشید. احتیاط او بی‌مورد بود؛ چون صدای ویلون از سر نو بلند شد. صدای جسته و گریخته و نامرتّب آن‌هم مقام مفصلی که به گوشش آشنا بود؛ می‌آمد. آیا سورن بود که ویلون می‌زد یا استادش؟ آیا نیامده؟ چرا نیامده؟ شاید ناخوش است یا اتّفاقی افتاده است؟ اگر ممکن بود؛ یک نفر را پیدا کند که بتواند برود و به بهانه‌ای در اطاق نگاه بکند و خبرش را برای او بیاورد! چرا خودش نمی‌توانست این کار را بکند؟ آیا بهتر از انتظار در کوچه نبود؟

هاسمیك با احتیاط نزدیك در پانسیون شد! نگاهی کرد. یك دالان دراز تاریك دیده می‌شد و از درز در اطاق واسیلیچ که خوب کیپ نشده بود؛ یك خط قائم از بالا به پایین روشن بود. اگر می‌توانست نگاهی دزدکی در اطاق بیندازد و اقلاً مطمئن بشود! در این وقت صدای پایی در حیاط پانسیون شنیده شد. دوباره خودش را کنار کشید. به اطراف نگاه کرد؛ کسی دیده نمی‌شد. جلو چراغ به ساعت نگاه کرد. یعنی چه؟ هفت و بیست دقیقه. چه دقیقه‌های طولانی! او تا حالا نمی‌دانست که ساعت به این کندی حرکت می‌کند. آیا می‌توانست این شك و دلهره را ده دقیقه دیگر، نیم ساعت دیگر

متحمّل شود؟ بر فرض هم كه سورن با استاد خود بیرون می‌آمد؟ شاید با هم می‌رفتند و از كجا او می‌توانست؛ به آن‌ها نزدیك بشود و مطلب خودش را بگوید؟ در این صورت همه زحماتش به باد رفته بود.

نیرویی قوی‌تر از نیروی اراده و حفظ آبرو و همهٔ مترسک‌هایی كه جامعه دور او درست كرده بود؛ هاسمیك را توی دالان پانسیون راند. با قدم‌های شمرده و با خون‌سردی كه به خودش گمان نداشت؛ وارد دالان شد. خواست از سوراخ جای كلید نگاه بكند؛ ولی كلید از بیرون به در بود. از لای در گوش داد. ویلون را درست جلوی در می‌زدند. شكّی برایش باقی نماند كه ویلون‌زننده سورن است؛ چون یك آهنگ را تكرار می‌كرد؛ برای اینكه دستش روان بشود. وگرنه واسیلیچ با آن قدرت و استادی چه احتیاجی به تكرار نت داشت؟ بر فرض هم كه در را باز می‌كرد و واسیلیچ را می‌دید؛ باز هم به مقصودش رسیده بود؛ چون معذرت می‌خواست كه اشتباهی آمده است و با سورن خارج می‌شد. اصلاً واسیلیچ كه مست بود و حركات سنگین بی‌اراده داشت؛ ملتفت او نمی‌شد. آن هم در میان سروصدای ساز!

هاسمیك با تمام حرارتی كه در تصمیم خود داشت. لنگهٔ در را كمی فشار داد. در مثل اینكه موقّتاً روی پاشنه‌اش بند شده باشد! خودبه‌خود لغزید و تا نصفه باز شد. هاسمیك، واسیلیچ را در مقابل خود دید كه با چهرهٔ شوریده، نگاهش در چشم‌های او دوخته شد. به‌قدری این پیش‌آمد عجیب بود كه هاسمیك علّت حركت خود را فراموش كرد. سر جایش خشك شد و زانوهایش از شدّت ترس به لرزه افتاد؛ چون نه راه پس داشت و نه راه پیش.

واسیلیچ دنبالهٔ ساز خود را قطع کرد؛ چند ثانیه در چشم‌های یکدیگر نگاه کردند. نگاه‌های مخصوصی بود؛ چون نگاه‌های دزدکی که واسیلیچ در کافه به او می‌کرد و هاسمیك همیشه تصوّر می‌نمود اتّفاقی است؛ در این لحظه معنی مخصوصی به خود گرفت.

واسیلیچ ویلون را با احتیاط روی تختخواب گذاشت و به هاسمیك تعظیم کرد. یك تعظیم دستپاچه و ناشی بود. بعد گفت: «بفرمایید... خواهش می‌کنم؛ بفرمایید توی اطاق!» مثل اینکه لغت دیگری برای تعارف پیدا نکرد. با حرکت دست و کُرنش، دعوت خود را تکمیل نمود. هاسمیك بی‌آنکه از خودش بپرسد چرا آمده؛ بدون اراده، با قدم‌های آهسته وارد اطاق شد و روی صندلی راحتی کنار در نشست. نگاهی به اطراف انداخت. سورن آنجا نبود. واسیلیچ در را بست.

اطاق سرد محقّر و اثاثیهٔ آنجا مرکب بود از یك تختخواب درهم‌وبرهم که ملافهٔ قلمکار آن مدّت‌ها می‌گذشت که عوض نشده بود؛ دو صندلی مندرس، یك میز کهنه که رویش کاغذ، نت موسیقی، پوست سیب، کلوفان، خاکستر پیپ و عکس مردی با موهای پریشان که گویا مصنّف موسیقی بود. همهٔ این‌ها درهم‌وبرهم دیده می‌شد. یك چراغ الکی دودزده و دو بطری هم در طاقچه بود. عکس رنگ‌پریدهٔ زنی نیز به دیوار اطاق دیده می‌شد. زمین از زیلوی خاک‌آلودی مفروش بود و از همهٔ اطاق و صاحبش که روی لباس سیاه او از کثرت استعمال برق افتاده بود؛ بوی مرگبار فقر و نکبت متصاعد می‌گردید که بوی الکل سوخته، دود توتون و بوی تند عرق در

آن مخلوط شده بود. ناگهان چشم هاسمیك متوجّه تختخواب شد و كارت اسم سورن را آنجا دید كه رویش نوشته بود: «استاد محترم! من به‌موقع آمدم نبودید؛ دفعهٔ آینده خواهم آمد».

دو، سه دقیقه در سكوت دشواری گذشت. واسیلیچ مثل اینكه غفلتاً فكری به خاطرش رسید؛ رفت از توی درگاه، گیلاس كوچكی برداشت؛ روی دستهٔ صندلی هاسمیك در نعلبكی گذاشت. یك شیشه ودكا هم آورد. در آن ریخت و گیلاس آبخوری خودش را هم پر از ودكا كرد و گفت: «بفرمایید بخورید؛ هوا سرد است؟» گیلاس خود را به گیلاس هاسمیك زد و تا ته سر كشید. هاسمیك گیلاس را تا لب خود برد. بوی عرق، زیر دماغش زد. كمی نوشید و با دستمال لب خود را پاك كرد. عرق گرم و سوزان از گلوی او پایین رفت.

واسیلیچ جلو آمد و با دست لرزان، خواست گیلاس هاسمیك را دوباره پر بكند. ملتفت شد كه هنوز نخورده است. باقی ودكا را در گیلاس خودش ریخت. به میز تكیه كرد. چشم‌هایش می‌درخشید و مثل اینكه با موجود خیالی حرف می‌زند؛ بریده‌بریده گفت: «ببخشید خانم!... من چیزی برای شما نداشتم... من نمی‌دانستم آیا ممكن است كسی به فكر من باشد؟... ببخشید خانم!... (دست روی پیشانی خود كشید.) چطور ممكن است؟ فقط در خواب همه‌چیز را می‌شود دید. در خواب همه‌چیز ممكن است... چند سال پیش كه در صوفیا بودم؛ همین دختر (اشاره به عكس دیوار كرد) نه... نمی‌خواهم یادم بیاید... نیم‌رخ شما هم شبیه است... در كافه همیشه

من به نیم‌رخ شما نگاه می‌کنم... چه چیز غریبی!... یادم است در خواب دیدم؛ همین دختر... من ویلون می‌زدم؛ وارد اطاقم شد. خیلی نزدیك آمد؛ دست‌هایش را گرفتم. نشست و حرف‌هایی كه فقط در خواب می‌شود گفت... یك دقیقه، فقط یك دقیقه بود». (هاسمیك حركتی از روی بی‌طاقتی كرد. واسیلیچ به‌تعجیل گفت): «شاید از اینجا می‌گذشتید؛ صدای ویلون مرا شنیدید... همین الآن... اجازه بدهید ویلون بزنم... خانم به سلامتی شما.»

گیلاس را بلند كرد؛ سر كشید. هاسمیك هم ناچار گیلاس را نزدیك لب خود برد. واسیلیچ قیافۀ موقّر به خود گرفت. ویلون را با احتیاط برداشت؛ زیر چانه‌اش گذاشت و شروع به زدن كرد. «سِرِناد» شوبرت بود. از ارتعاش سیم ویلون، لرزه به اندام هاسمیك افتاد. مثل اینكه ساز به حواس كرخت شدۀ او جان تازه بخشیده. واسیلیچ آرشه را روی سیم‌ها غلت می‌داد؛ خم می‌شد؛ بلند می‌شد؛ مانند اینكه می‌خواست با تمام هستی خودش به ساز جان بدهد. می‌خواست آنچه را كه به زبان نتوانسته به هاسمیك بفهماند؛ شاید به وسیلۀ ساز بتواند به او بگوید. موهای جوگندمی پریشان او خیس عرق، دور صورتش ریخته بود؛ نیم‌رخ او با بینی بلند، رنگ پریدۀ مایل به خاكستری، پای چشم‌های كبود، نگاه خیره و گوشۀ لب‌هایش كه ول شده بود و بیهوده سعی می‌كرد؛ به هم بفشارد؛ منظرۀ ترسناكی داشت. ولی ناگهان حالت صورتش عوض شد. مثل اینكه در دنیای مجهول و افسونگری جولان می‌داد و از نكبت زندگی خودش گریخته بود. شاید در این دقیقه، او حقیقتاً زندگی می‌كرد؛ چون گمان می‌كرد؛ برای هم‌زاد و یا سایۀ معشوقه قدیم خود، برای كسی ساز می‌زند كه می‌فهمد و بالأخره هنرش او را جلب كرده بود. شاید

خوابی که دیده بود؛ دوباره جلو او در عالم بیداری مجسّم شده بود! با تمام قوا هنرنمایی می‌کرد. شاید این بهترین قطعه‌ای بود که در عمر خود اجرا می‌کرد؛ امّا همین که به طرف هاسمیك برگشت و خواست در چشمان او تأثیر ساز و احساساتش را دریابد؛ ملتفت شد که جای او خالی است. هاسمیك رفته بود و لای در را باز گذاشته بود. ناگهان ویلون را از زیر چانه‌اش برداشت؛ جلو آمد. دید گیلاس ودكا کمی از سرش خالی شده، به ته‌سیگاری که در نعلبکی افتاده بود؛ سرخاب لب هاسمیك چسبیده بود و دود آبی رنگی از آن پراکنده می‌شد و در هوا موج می‌زد!

واسیلیچ ویلون را روی میز پرت کرد؛ دست‌ها را جلو صورت خود گرفت و در حال سرفه روی تختخواب افتاد.

تاریك خانه

مردی كه شبانه سر راه خونسار سوار اتومبیل ما شد؛ خودش را با دقّت در پالتو بارانی سورمه‌ای پیچیده و كلاه لبه‌بلند خود را تا روی پیشانی پایین كشیده بود. مثل اینكه می‌خواست از جریان دنیای خارجی و تماس با اشخاص محفوظ و جدا بماند. بسته‌ای زیر بغل داشت كه در اتومبیل دستش را حایل آن گرفته بود. نیم‌ساعتی كه در اتومبیل با هم بودیم؛ او به‌هیچ‌وجه در صحبت شوفر و سایر مسافرین شركت نكرد. از این رو تأثیر سخت و دشواری از خود گذاشته بود. هر دفعه كه چراغ اتومبیل و یا روشنایی خارج و داخل اتومبیل ما را روشن می‌كرد؛ من دزدكی نگاهی به صورتش می‌انداختم؛ صورت سفید رنگ‌پریده، بینی كوچك قلمی داشت و پلك‌های چشمش به حالت خسته پایین آمده بود. شیار گودی دو طرف لب او دیده می‌شد كه قوّت اراده و تصمیم او را می‌رسانید؛ مثل اینكه سر او از سنگ تراشیده شده بود. فقط گاهی تُك زبان را روی لب‌هایش می‌مالید و در فكر فرومی‌رفت.

اتومبیل ما در خونسار جلو گاراژ «مدنی» نگه داشت؛ اگرچه قرار بود كه تمام شب را حركت بكنیم؛ ولی شوفر و همهٔ مسافرین پیاده شدند. من نگاهی به در و دیوار گاراژ و قهوه‌خانه انداختم كه چندان مهمان‌نواز به نظرم نیامد. بعد نزدیك اتومبیل رفتم و برای اتمام حجّت به شوفر گفتم: «از قرار معلوم باید امشب را اینجا اطراق بكنیم؟»

«بله، راه بده. امشبو می‌مونیم؛ فردا كلّهٔ سحر حریكت می‌كنیم.»

یک‌مرتبه دیدم شخصی که پالتو بارانی به خود پیچیده بود؛ به طرفم آمد و با صدای آرام و خفه‌ای گفت: «اینجا جای مناسب نداره. اگه آشنا یا محلّی برای خودتون در نظر نگرفتین؛ ممکنه بیایین منزل من.»

«خیلی متشکّرم! امّا نمی‌خوام اسباب زحمت بشم.»

«من از تعارف بدم می‌آد. من نه شما رو می‌شناسم و نه می‌خوام بشناسم و نه می‌خوام منّتی سرتون بگذارم. چون از وختی که اطاقی به سلیقهٔ خودم ساخته‌ام، اطاق سابقم بی‌مصرف افتاده. فقط گمون می‌کنم از قهوه‌خونه راحت‌تر باشه.»

لحن سادهٔ بی‌رودربایستی و تعارف و تکلیف او در من اثر کرد و فهمیدم که با یک نفر آدم معمولی سروکار ندارم. گفتم: «خیلی‌خوب، حاضرم.» و بدون تردید دنبالش افتادم. او یك چراغ برق دستی از جیبش درآورد و روشن کرد. یك ستون روشنایی تند زننده جلوی پای ما افتاد. از چند کوچهٔ پست و بلند، از میان دیوارهای گلی رد شدیم. همه‌جا ساکت و آرام بود. یک‌جور آرامش و کرختی در آدم نفوذ می‌کرد... صدای آب می‌آمد و نسیم خنکی که از روی درختان می‌گذشت؛ به صورت ما می‌خورد. چراغ دو سه تا خانه از دور سوسو می‌زد. مدّتی گذشت. در سکوت حرکت می‌کردیم. من برای اینکه رفیق ناشناسم را به صحبت بیاورم؛ گفتم: «اینجا باید شهر قشنگی باشه!»

او مثل اینکه از صدای من وحشت کرد. بعد از کمی تأمّل، خیلی آهسته گفت: «میون شهرایی که من تو ایرون دیدم؛ خونسارو پسندیدم. نه

از این جهت که کشتزار، درخت‌های میوه و آب زیاد داره؛ امّا بیشتر برای اینکه هنوز حالت و آتمسفر قدیمی خودشو نگه داشته. برای اینکه هنوز حالت این کوچه‌پس‌کوچه‌ها، میون جرز این خونه‌های گلی و درخت‌های بلند ساکتش، هوای سابق مونده و می‌شه اونو بو کرد و حالت مهمون‌نواز خودمونی خودشو از دست نداده. اینجا بیشتر دورافتاده و پرته. همین وضعیّتو بیشتر شاعرونه می‌کنه. روزنومه، اتومبیل، هواپیما و راه‌آهن از بلاهای این قرنه. مخصوصاً اتومبیل که با بوق و گرت و خاك، روحیّهٔ شاگرد شوفر رو تا دورترین ده‌کوره‌ها می‌بره. افکار تازه به دورون رسیده، سلیقه‌های کج و لوچ و تقلید احمقونه رو تو هر سولاخی می‌چپونه!»

روشنایی چراغ برق دستی رو به پنجرهٔ خانه‌ها می‌انداخت و می‌گفت: «ببینین، پنجره‌های منبّت‌کاری، خونه‌های مجزّا داره. آدم بوی زمینو حس می‌کنه؛ بوی یونجهٔ درو شده؛ بوی کثافت زندگی رو حس می‌کنه؛ صدای زنجره و پرنده‌های کوچیك، مردم قدیمی ساده و موذی. همهٔ اینا به دنیای گمشدهٔ قدیم رو به یاد می‌یاره و آدمو از قال‌وقیل دنیای تازه به دورون رسیده‌ها دور می‌کنه!»

بعد مثل اینکه یک‌مرتبه ملتفت شد مرا دعوت کرده؛ پرسید:

«شام خوردین؟»

«بله، تو گلپایگون شام خوردیم.»

از کنار چند نهر آب گذشتیم و بالأخره نزدیك کوه، درِ باغی را باز کرد و هر دو داخل شدیم. جلو عمارت تازه‌سازی رسیدیم. وارد اطاق کوچکی

شدیم که یك تختخواب سفری، یك میز و دو صندلی راحتی داشت؟ چراغ نفتی را روشن کرد و به اطاق دیگر رفت. بعد از چند دقیقه با پیژامای پشت‌گلی، رنگ گوشت تن وارد شد و چراغ دیگری آورد؛ روشن کرد. بعد بسته‌ای را که همراه داشت؛ باز کرد و یك آباژور سرخ مخروطی درآورد و روی چراغ گذاشت. پس از اندکی تأمّل، مثل اینکه در کاری دودل بود؛ گفت: «می‌فرماییـن بریم اطاق شخصی خودم؟»

چراغ آباژوردار را برداشت. از دالان تنگ و تاریکی که طاق ضربی داشت و به شکل استوانه درست شده بود؛ طاق و دیوارش به رنگ اُخرا و کف آن از گلیم سرخ پوشیده شده بود؛ رد شدیم. درِ دیگری را باز کرد؛ وارد محوّطه‌ای شدیم که مانند اطاق بیضی‌شکلی بود و ظاهراً به خارج هیچ‌گونه منفذ نداشت؛ مگر به وسیلهٔ دری که به دالان باز می‌شد. بدون زاویه و بدون خطوط هندسی ساخته شده و تمام بدنه و سقف و کف آن از مخمل عنّابی بود. از عطر سنگینی که در هوا پراکنده بود؛ نفسم پس رفت. او چراغِ سرخ را روی میز گذاشت و خودش روی تختخوابی که در میان اطاق بود؛ نشست و به من اشاره کرد. کنار میز روی صندلی نشستم. روی میز یك گیلاس و یك تنگ دوغ گذاشته بودند. من با تعجّب به در و دیوار نگاه می‌کردم و پیش خودم تصوّر کردم؛ بی‌شك به دام یکی از این ناخوش‌های دیوانه افتاده‌ام که این اطاق شکنجهٔ اوست و رنگ خون درست کرده؛ برای اینکه جنایات او کشف نشود و هیچ منفذ هم به خارج نداشت که به داد انسان برسند! منتظر بودم؛ ناگهان چماقی به سرم بخورد یا در بسته بشود و این شخص با کارد یا

تبر به من حمله بکند؛ ولی او با همان آهنگ ملایم پرسید: «اطاق من به نظر شما چطور می‌آد؟»

«اطاق؟ ببخشید؛ من حس می‌کنم که توی یک کیسهٔ لاستیکی نشسته‌ایم.»

او بی‌آنکه به حرف من اعتنایی بکند؛ دوباره گفت: «غذای من شیره، شمام می‌خورین؟»

«متشکرم؛ من شام خوردم.»

«یک گیلاس شیر بد نیس.»

تنگ و گیلاس را جلو من گذاشت. گرچه میل نداشتم؛ ولی خواهی‌نخواهی یک گیلاس شیر ریختم و خوردم. بعد خودش باقی شیر را در گیلاس می‌ریخت؛ خیلی آهسته می‌مکید و زبان را روی لب‌هایش می‌گردانید. لب‌های او برق می‌زد؛ پلک‌های چشمش به‌طرز دردناکی پایین آمده، مثل اینکه خاطراتی را جستجو می‌کرد. صورت رنگ‌پریدهٔ جوان، بینی کوتاه صاف، لب‌های گوشت‌آلود او جلو روشنایی سرخ، حالت شهوت‌انگیز به خود گرفته بود. پیشانی بلندی داشت که یک رگ کبود برجسته، رویش دیده می‌شد. موهای خرمایی او روی دوشش ریخته بود؛ مثل اینکه با خودش حرف بزند؛ گفت: «من هیچ‌وقت در کِیف‌های دیگرون شریک نبوده‌ام؛ همیشه یه احساس سخت یا یه احساس بدبختی جلو منو گرفته. درد زندگی، اشکال زندگی. امّا از همهٔ این اشکالات مهم‌تر، جوال رفتن با آدم‌هاست؛ شرّ جامعهٔ گندیده، شرّ خوراک و پوشاک، همهٔ اینا

دائماً از بیدار شدن وجود حقیقی ما جلوگیری می‌کنه. یه وقت بود داخل اونا شدم؛ خواسّم تقلید سایرین رو دربیارم؛ دیدم خودمو مسخره کرده‌ام. هرچی رو که لذّت تصوّر می‌کنن؛ همه رو امتحان کردم. دیدم کیف‌های دیگرون به درد من نمی‌خوره. حس می‌کردم که همیشه و در هرجا خارجی هستم. هیچ رابطه‌ای با سایر مردم نداشتم. من نمی‌تونسّم خودمو به فراخور زندگی سایرین دربیارم. همیشه با خودم می‌گفتم: روزی از جامعه فرار خواهم کرد و در یه دهکده یا جای دور منزوی خواهم شد. امّا نمی‌خواسّم انزوا رو وسیلهٔ شهرت و یا نون‌دونی خودم بکنم. من نمی‌خواسّم خودمو محکوم افکار کسی بکنم یا مقلّد کسی بشم. بالأخره تصمیم گرفتم که اطاقی مطابق میلم بسازم؛ محلّی که توی خودم باشم؛ یه جایی که افکارم پراکنده نشه.

«من اصلاً تنبل آفریده شدم. کار و کوشش مال مردم توخالیس. به این وسیله می‌خوان چاله‌ای که تو خودشونه پر بکنن. مال اشخاص گداگشنس که از زیر بُتّه بیرون آمدن. امّا پدران من که تو خالی بودن؛ زیاد کار کردنو زیاد زحمت کشیدنو فکر کردنو دیدنو دقایق تنبلی گذروندن. این چاله تو اونا پر شده بود و همهٔ ارث تنبلیشونو به من دادن. من افتخاری به اجدادم نمی‌کنم؛ علاوه‌بر اینکه توی این مملکت، طبقات مثه جاهای دیگه وجود نداره و هرکدوم از دوله‌ها و سلطنه‌ها رو درست بشکافی؛ دو سه پشت پیش اونا دزد یا گردنه‌گیر یا دلقک درباری و یا صرّاف بوده، وآنگهی اگه زیاد پاپی اجدادم بشیم؛ بالأخره جدّ هرکسی به گوریل و شمپانزه می‌رسه. امّا چیزی که هس، من برای کار آفریده نشده بودم. اشخاص تازه به دورون رسیدهٔ متجدّد فقط می‌تونن به قول خودشون توی این محیط عرض‌اندام بکنن؛ جامعه‌ای

که مطابق سلیقه و حرص و شهوت خودشون دُرُس کردن و در کوچک‌ترین وظایف زندگی، باید قوانین جبری و تعبّد اونا رو مثه کپسول قورت داد! این اسارتی که اسمشو کار گذاشتن و هرکسی حق زندگی خودشو باید از اونا گدایی بکنه! توی این محیط فقط یه دسته دزد، احمق بی‌شرم و ناخوش حق زندگی دارند و اگه کسی دزد و پست و متملّق نباشه؛ می‌گن: قابل زندگی نیس! دردهایی که من داشتم؛ بار موروثی که زیرش خمیده شده بودم؛ اونا نمی‌تونن بفهمن! خستگی پدرانم در من باقی مونده بود و نوستالژی این گذشته رو در خود حس می‌کردم.

«می‌خواستم مثه جونورای زمستونی تو سولاخی فروبرم؛ تو تاریکی خودم غوطه‌ور بشم و در خودم قوام بیام. چون همون‌طوری که تو تاریک‌خونه عکس روی شیشه ظاهر می‌شه؛ اون چیزهایی که در انسون لطیف و مخفیس، در اثر دوندگی زندگی و جار و جنجال و روشنایی خفه می‌شه و می‌میره؛ فقط توی تاریکی و سکوته که به انسون جلوه می‌کنه. این تاریکی توی خودم بود. بی‌جهت سعی داشتم که اونو مرتفع بکنم. افسوسی که دارم؛ اینه که چرا مدّتی بی‌خود از دیگرون پیروی کردم. حالا پی بردم که پرارزش‌ترین قسمت من همین تاریکی، همین سکوت بوده. این تاریکی در نهاد هر جنبنده‌ای هست؛ فقط در انزوا و برگشت به طرف خودمون، وختی که از دنیای ظاهری کناره‌گیری می‌کنیم؛ به ما ظاهر می‌شه. امّا همیشه مردم سعی دارن؛ از این تاریکی و انزوا فرار بکنن؛ گوش خودشونو در مقابل صدای مرگ بگیرن؛ شخصیت خودشونو میون داد و جنجال و هیاهوی زندگی محو و نابود بکنن! نمی‌خوام که به قول صوفی‌ها: نور حقیقت در من تجلّی

بکنه. برعکس، انتظار فرود اهریمن رو دارم. می‌خوام همون‌طوری که هسّم در خودم بیدار بشم. من از جملات بَرّاق و توخالیِ منوّرالفکرها چندشم می‌شه و نمی‌خوام برای احتیاجات کثیف این زندگی که مطابق آرزوی دزدها و قاچاق‌ها و موجودات زرپرست احمق درست شده و اداره شده، شخصیّت خودمو از دست بدم.

«فقط تو این اطاقه که می‌تونم در خودم زندگی بکنم و قُوایم به هدر نره. این تاریکی و روشنایی سرخ برام لازمه. نمی‌تونم تو اطاقی بنشینم که پشت سرم پنجره داشته باشه. مثه اینه که افکارم پراکنده می‌شه. از روشنایی هم خوشم نمی‌آد. جلو آفتاب همه‌چیز لوس و معمولی می‌شه. ترس و تاریکی منشأ زیباییس؛ یه گربه، روز جلو نور معمولیس؛ امّا شب تو تاریکی، چشماش می‌درخشه و موهاش برق می‌زنه و حرکاتش مرموز می‌شه. یه بتّه گل که روز رنجور و تار عنکبوت گرفتس؛ شب مثل اینه که اسراری در اطرافش موج می‌زنه و معنی به‌خصوص به خودش می‌گیره. روشنایی همهٔ جنبنده‌ها رو بیدار و مواظب می‌کنه. در تاریکی و شبه که هر زندگی، هرچیز معمولی یه حالت مرموز به خودش می‌گیره؛ تمام ترس‌های گم‌شده بیدار می‌شن. در تاریکی آدم می‌خوابه؛ امّا می‌شنوه، خود شخص بیداره و زندگی حقیقی، آن‌وقت شروع می‌شه. آدم از احتیاجات پست زندگی بی‌نیازه و عوالم معنوی رو طی می‌کنه؛ چیزایی رو که هرگز به اونا پی نبرده به یاد می‌آره...»

بعد از این خطابهٔ سرشار، یک‌مرتبه خاموش شد. مثل اینکه مقصود از همهٔ این حرف‌ها تبرئهٔ خودش بود. آیا این شخص یک نفر بچّه‌اعیان خسته

و زده شده از زندگی بود یا ناخوشیِ غریبی داشت؟ در هر صورت مثل مردم معمولی فکر نمی‌کرد. من نمی‌دانستم چه جواب بدهم. صورتش حالت مخصوصی به خود گرفته بود؛ خطّی که از کنار لبش می‌گذشت؛ گودتر و سخت‌تر شده بود؛ یك رگ کبود روی پیشانی ورم کرده بود. وقتی که حرف می‌زد؛ پرک‌های بینی‌اش می‌لرزید. پریدگی رنگ او، جلو نور سرخ، حالت خسته و غمناکی به صورتش می‌داد. شبیه سری بود که با موم درست کرده باشند و با حالتی که در اتومبیل از او دیده بودم؛ متناقض به نظر می‌آمد. سر خود را که به پایین می‌گرفت؛ لبخند گذرنده‌ای روی لب‌هایش نقش می‌بست. بعد مثل اینکه ناگهان ملتفت شد؛ با نگاهی سخت و تمسخرآمیز که در او سراغ نداشتم؛ گفت: «شما مسافر و خسته هتّین، من همش از خودم صحبت کردم!»

«هرکی هرچه می‌گه از خودشه. تنها حقیقتی که برای هرکسی وجود داره؛ خود همون شخصه. همه‌مون بی‌اراده از خودمون صحبت می‌کنیم؛ حتّی در موضوع‌های خارجی، احساسات و مشاهدات خودمونو به زبون کسون دیگه می‌گیم. مشکل‌ترین کارها اینه که کسی بتونه؛ حقیقتاً همون‌طوری که هس بگه.»

از جواب خودم پشیمان شدم؛ چون خیلی بی‌معنی، بی‌جا و بی‌تناسب بود. معلوم نبود چه چیز را می‌خواستم ثابت بکنم.

گویا مقصودم فقط تملّق غیرمستقیم از میزبانم بود؛ امّا او بی‌آنکه اعتنایی به حرف من بکند؛ نگاه دردناکش را چند ثانیه به من انداخت؛ دوباره

پلک‌های چشمش پایین آمد. زبان را روی لب‌هایش می‌مالید؛ مثل اینکه اصلاً ملتفت من نیست و در دنیای دیگری سیر می‌کند. گفت: «من همیشه آرزو می‌کردم که جای راحتی، مطابق سلیقه و تمایل خودم تهیّه بکنم. بالأخره اطاق و جایی که دیگرون درست کرده بودن؛ به درد من نمی‌خورد. من می‌خواستم توی خودم و در خودم باشم. برای این کار دارایی خودمو پول نقد کردم. آمدم در این محل و این اطاقو مطابق میل خودم ساختم. تمام این پرده‌های مخملو با خودم آوردم. به تمام جزئیّات این اطاق، خودم رسیدگی کردم. فقط آباژور سرخ یادم رفته بود. بالأخره بعد از اونکه نقشه و اندازهٔ اونو دستور دادم در تهرون درست بکنن؛ امروز به من رسید. وگرنه هیچ میل ندارم که از اطاق خودم خارج بشم و یا با کسی معاشرت بکنم. حتّی خوراک خودمو منحصر به شیر کردم؛ برای اینکه در هر حالت، خوابیده یا نشسته بتونم اونو بخورم و محتاج به تهیّهٔ غذا نباشم. ولی با خودم عهد کردم؛ روزی که کیسه‌ام به ته کشید یا محتاج به کس دیگه بشم؛ به زندگی خودم خاتمه بدم. امشب اوّلین شبیس که تو اطاق خودم خواهم خوابید. من یه نفر آدم خوشبخت هسّم که به آرزوی خودم رسیدم. یه نفر خوشبخت، چقد تصوّرش مشکله. من هیچ‌وقت نمی‌تونسّم تصوّرشو بکنم؛ امّا الآن من یه نفر خوشبختم!»

دوباره سکوت شد. من برای اینکه سکوت مزاحم را رفع بکنم؛ گفتم: «حالتی که شما جستجو می‌کنین؛ حالت جنین در رحم مادره که بی‌دوندگی، کشمکش و تملّق در میون جدار سرخ گرم و نرمِ روی هم خمیده، آهسته خون مادرش رو می‌مکه و همهٔ خواهش‌ها و احتیاجانش خودبه‌خود

برآورده می‌شه. این همون نستالژی بهشت گم‌شده‌ایس که در ته وجود هر بشری وجود داره. آدم در خودش و تو خودش زندگی می‌کنه. شاید یه جور مرگ اختیاریس؟»

او مثل اینکه انتظار نداشت کسی در حرف‌هایی که با خودش می‌زد؛ مداخله بکند. نگاه تمسخرآمیزی به من انداخت و گفت:

«شما مسافر و خسته هستین؛ بفرمایین بخوابین!»

چراغ را برداشت. مرا تا دم دالان راهنمایی کرد و اطاقی را که اول در آنجا وارد شده بودیم؛ نشان داد. از نصف شب گذشته بود. من نفس تازه‌ای در هوای آزاد کشیدم؛ مثل اینکه از سردابهٔ ناخوشی بیرون آمده باشم. ستاره‌ها بالای آسمان می‌درخشیدند. با خودم گفتم: «آیا با یک نفر مجنون وسواسی یا با یک نفر آدم فوق‌العاده سروکار پیدا کرده‌ام؟»

فردا دو ساعت به ظهر بیدار شدم. برای خداحافظی از میزبانم، مثل اینکه آدم نامحرمی هستم و به آستانهٔ معبد مقدّسی پا گذاشته‌ام؛ آهسته دم دالان رفتم و با احتیاط در زدم. دالان تاریک و بی‌صدا بود؛ پاورچین‌پاورچین وارد اطاق مخصوص شدم. چراغ روی میز می‌سوخت. دیدم میزبانم با همان پیژامای پشت‌گلی، دست‌ها را جلو صورتش گرفته، پاهایش را توی دلش جمع کرده، به شکل بچّه در زهدان مادرش درآمده و روی تخت افتاده است. رفتم نزدیك، شانهٔ او را گرفتم؛ تکانش دادم. امّا او به همان حالت خشك شده بود. هراسان از اطاق بیرون آمدم و به طرف گاراژ رفتم؛ چون

نمی‌خواستم اتومبیل را از دست بدهم. آیا به قول خودش کیسهٔ او به ته کشیده بود؟ یا این تنهایی را که مدح می‌کرد؛ از آن ترسیده بود و می‌خواست شب آخر اقلاً یک نفر در نزدیکی او باشد؟ بعد از همهٔ مطالب، شاید هم این شخص، یک نفر خوشبخت حقیقی بود و خواسته بود؛ این خوشبختی را همیشه برای خودش نگاه دارد و این اطاق هم، اطاق ایده‌آل او بوده است!

میهن‌پرست

سید نصرالله ولی پس از هفتادوچهار سال زندگی یکنواخت و پیمودن روزی چهار مرتبه کوچهٔ حمّام وزیر از خانه به اداره و از اداره به خانه، اوّلین بار بود که مسافرت به خارجه، آن‌هم هندوستان برایش پیش آمده بود.

تا کنون او در داخلهٔ مملکت هم به مسافرت بزرگ نرفته و مسقط‌الرّأس آبا و اجدادی خود، کاشان را هم ندیده بود. در تمام مدّت عمر، یگانه مسافرت او سه روز به دماوند بود؛ امّا در طی راه بی‌اندازه به او سخت و ناراحت گذشت؛ به‌طوری که باعث نگرانی خاطرش شده بود. به‌علاوه پس از مراجعت، منزل او را دزد زده بود؛ از این سبب، ترس مبهمی از مسافرت در دل او تولید شده بود.

از آنجایی که تمام دورهٔ زندگی سید نصرالله صرف تحصیل علوم و فنون و عوالم معنوی شده بود؛ فقط دو سال از عمر زناشویی او می‌گذشت و در این مدّت قلیل، سالی یک چکیدهٔ فضل و معرفت، به عدّهٔ ابناء بشر افزوده بود؛ زیرا در ادبیّات فارسی و عربی و فرانسه، در تحقیق و تبحّر و فلسفهٔ غربی و شرقی، در عرفان، علوم قدیمه و جدیده، سید نصرالله بی‌آنکه اثری از خود گذاشته باشد؛ انگشت‌نمای خلایق شده بود. او مانند سایر فضلا و ادبا نبود که در نتیجهٔ نوشتن مقالات عریض و طویل در دفاع خود، یا از اهمّیّت مقام سیاسی، یا مهاجرت، یا حاشیه رفتن به فلان کتاب پوسیده یا قافیه‌دزدی و به هم انداختن اشعار بندتنبانی و یا بالأخره با تملّق و بادمجان دور قاب چینی، شهرت به دست آورده باشد.

سید نصرالله کسر مقامش بود که کتابی به رشتهٔ تحریر دربیاورد؛ زیرا لغات عربی را به‌طوری با مخرج صحیح و اصیل استعمال می‌کرد که شک و تردیدی از فضل و معلومات خود در فکر مستمعین باقی نمی‌گذاشت. هرچند او کلمات و جملات را خیلی آهسته و شمرده ادا می‌کرد؛ ولی از لحاظ منطق و بدیع و قوانین صرف و نحو، هیچ‌یک از علمای فقه اللّغهٔ کرهٔ ارض نمی‌توانست؛ کوچک‌ترین ایرادی به او وارد بیاورد؛ چون سید نصرالله این جمله را سرمشق خویش قرار داده بود که: «اگر سخن زر است؛ سکوت گوهر است و در صورت اجبار و یا برای استفادهٔ دیگران، حرف را باید هفت مرتبه در دهان مزه‌مزه کرد و بعد به زبان آورد».

به‌همین‌علّت شهرهٔ خاص و عام بود که روزی آقای حکیم‌باشی‌پور، وزیر معارف، سید نصرالله را برای مطلب مهم و فوری در اطاق خود احضار کرد. پس از اظهار ملاطفت و ستایش بسیار و وعد و وعید بی‌شمار، با زبان چرب و نرم خود به سید نصرالله پیشنهاد کرد؛ از آنجایی که ترقیات معجزآسای معارفی در کشور باستانی باعث حیرت عالمیان شده، لذا حیف است؛ سرزمینی مانند هندوستان که مهد نژاد آریایی [است] و میلیون‌ها نفوس مسلمان و فارسی‌زبان دارد؛ از تغییرات مشعشع معارفی ما و مخصوصاً از لغات جدیدالاختراع، اطّلاع کافی حاصل نکنند و برای اینکه دلیل مبرهن و برهان قاطعی از اقدامات مُجدّانهٔ خود به دست داده باشد؛ یك کتابچه از لغات «ساخت فرهنگستان» که به صحّهٔ ملوکانه و به تصویب نخبهٔ علما و فضلای عصر رسیده بود؛ به انضمام یک دسته از عکس‌های خود که از نیم‌رخ و روبرو، ایستاده و نشسته، برداشته شده و باد زیر غبغب

خود انداخته بود؛ به ایشان سپرد و دستور اکید داد که این عکس‌ها را در هندوستان به تمام مخبرین روزنامه‌ها بدهد تا گراور کرده، زیب صفحات جراید خود بسازند.

آقای سید نصرالله، از الطاف مخصوص حکیم‌باشی‌پور خیلی متأثر شد؛ ولی از طرفی به‌واسطهٔ علاقهٔ مفرط به زندگی و مفارقت از عیال و اطفال، از طرف دیگر به‌واسطهٔ بُعد مسافت و عبور از دریا، ابتدا کلّهٔ سرخ و بی‌مو و برّاق خود را تکان داد؛ لبخند فیلسوف‌مآبانه‌ای زد و پیشنهاد حکیم‌باشی‌پور را به علّت کِبَر سن و کسالت‌هایی که به خود می‌بست؛ رد نمود. در ضمن گوشزد کرد که خوب است؛ این مأموریت مهم را به یکی از ادبا و مبلّغین دیگر رجوع بکنند؛ امّا آقای حکیم‌باشی‌پور اصرار و ابرام نمودند که مخصوصاً مقام شامخ ادبی و سن و سال و شهرتی که دارند؛ ایشان را برای این کار از دیگران ممتاز می‌سازد؛ زیرا مأموریت مزبور از جمله اسرار اداری و فقط شایستهٔ شخصی مانند ایشان است و بالأخره سید نصرالله خواهی، نخواهی پیشنهاد مقامات عالی را با کمال افتخار پذیرفت.

سید نصرالله در موقع خروج از اطاق حکیم‌باشی‌پور، همین که زحمات و مشقّاتی را که در سفر کوتاه خود به دماوند متحمل شده بود؛ به خاطر آورد و بُعد مسافت هندوستان را پیش خود مجسّم کرد؛ اضطراب و ترس مجهولی به او دست داد؛ به‌طوری که سرش گیج رفت و زمین زیر پایش لرزید. به محض اینکه سر میز اداری رسید؛ زنگ زد و آب خوردن خواست. همین که اضطرابش کمی فروکش کرد؛ سر به جَیب تفکر فروبرد. از طرفی مفارقت

از زن و فرزند و تغییراتی که سفر در زندگی آرام او تولید می‌کرد و ممکن بود؛ چندین کیلو از ۸۹ کیلو وزن خالص او بکاهد؛ از طرف دیگر منافع مادّی، افتخارات، دعوت‌ها و سیاحت‌هایی که به خرج دولت خواهد کرد؛ در کفّهٔ ترازوی معنوی خود سنجید. با وجود این دلش آرام نگرفت؛ زیرا او قبل از همه‌چیز به تقویت مزاجی و زندگی بی‌دغدغهٔ خود علاقه داشت و شرط عقل نبود که برای استفاده‌های نسیه، وضع فعلی خود را به مخاطره بیندازد. در نتیجه یک جور کینه و بغض شدیدی نسبت به حکیم‌باشی‌پور در دلش تولید شد؛ ولی تکلیف این مأموریّت از طرف شخص وزیر، به منزلهٔ وظیفه اداری به شمار می‌رفت. لذا از اقدام به سفر ناگزیر بود و به‌علاوه از استفادهٔ پولی نمی‌توانست چشم بپوشد؛ چون سید نصرالله در اندوختن پول خیلی حسّاس بود و در این مسافرت، اضافه بر مخارج سفر، فوق‌العادهٔ بدی آب‌وهوا و حقوق دو برابر اخذ می‌کرد. آن‌وقت یك وسیلهٔ دیگر هم داشت؛ شاید می‌توانست مانند برزویهٔ طبیب، کتابی از قبیل «کلیله و دمنه» از هندوستان سوغات بیاورد و اسم خودش را تا ابد جاویدان بکند. با خودش زیر لب زمزمه کرد:

شکّرشکن شوند همه طوطیان هند
زین قند پارسی که به بنگاله می‌رود!

همهٔ این خیالات در مغزش می‌چرخیدند و به‌زودی این خبر منتشر شد و رفقای اداری و دوستان سید نصرالله دسته‌دسته می‌آمدند و به او تبریك می‌گفتند و موفقیّت ایشان را از خداوند متعال خواستار می‌شدند؛ ولی سید

نصرالله صورت حق‌به‌جانب به خود می‌گرفت؛ چشمش را به هم می‌کشید و سرش را به حالت جبری تکان می‌داد و می‌گفت: «چه بکنم؟ برای خدمت به میهن عزیز!»

بالأخره پس از یک ماه استخاره و مشورت با منجّمین، به روز و ساعت سعد، سید نصرالله از زیر آینه و قرآن گذشت و با تشریفات لازم، در میان هلهلهٔ مخبرین جراید که عکس‌های متعدّد از او برداشتند؛ حرکت کرد؛ ولی قبل از حرکت، وصیّت‌نامهٔ خود را به زنش سپرد.

از تهران تا اهواز به او خیلی بد و ناراحت گذشت. در اهواز که فرصتی به دست آورد؛ از معارف آنجا بازدید کرد و شاگردان را امتحان مختصری نمود؛ امّا با وجودی که اهالی لهجهٔ عربی داشتند؛ ایرادات سختی به تلفّظ عربی آن‌ها گرفت. بعد رؤسای ادارات به پیشباز او آمدند و هرکدام در دعوت سید نصرالله به منزل خودشان سبقت گرفتند؛ ولی از آنجایی که او خسته و کسل بود؛ دعوت آن‌ها را اجابت نکرد؛ زیرا همهٔ این تشریفات ساختگی و نطق‌های چاپی که بایستی در هرجا مبادله و تکرار بشود و تملّق‌های چاپی که مجبور بود بشنود؛ بیشتر موجبات ملال خاطر او را فراهم می‌آورد؛ چون سید نصرالله باطناً مایل بود که تغییری در زندگی آرام و یکنواختش رخ ندهد. در ضمن تصمیم گرفته بود که مقالهٔ بلندبالایی در مدح حکیم‌باشی‌پور با لغات اصیل عربی و اشارات علمی و نکات فلسفی و الهی تهیّه و تدوین بکند؛ امّا تا کنون فرصت کافی به دست نیاورده بود. به‌علاوه اضطراب و تهییج راه، مانع از اجرای این مقصود می‌شد. هر دفعه که اتومبیل از جادّهٔ

ناهموار یا خطرناک عبور می‌کرد؛ بند دل سید نصرالله پاره می‌شد. زیر لب آیةالکرسی می‌خواند؛ بعد دستمال تاکرده‌ای از جیب خود درمی‌آورد و عرق روی پیشانی‌اش را پاک می‌کرد.

در خرّمشهر با سلام و صلوات از او استقبال شایانی شد. قبلاً بلیط کشتی و همهٔ وسائل حرکت را برایش فراهم کرده بودند. سید نصرالله شب را در منزل رئیس معارف، خواب‌های شوریده دید. صبح به اتّفاق صاحب‌خانه به تماشای رودخانه رفت. بیشتر منظورش مطالعهٔ دریا بود. با تعجّب و کنجکاوی، درخت‌های خرما را که دو طرف رودخانه صف کشیده بودند؛ بلم‌ها و چند کشتی سفید را که از دور لنگر انداخته بودند؛ تماشا کرد. تا کنون او دریا را روی نقشهٔ جغرافیا دیده بود و عکس درخت خرما را در کتاب‌ها مشاهده کرده بود. حالا همهٔ این‌ها را به چشم خودش می‌دید! فوراً محاسن جهانگردی و مسافرت را که قدما در کتب خودشان ذکر کرده بودند؛ به یاد آورد. دنیا به نظرش وسیع و شگفت‌انگیز جلوه کرد. با خودش گفت: «بسیار سفر باید، تا پخته شود خام!» و یک نوع خودپسندی فلسفی حس کرد؛ امّا همین که به یاد آورد؛ امشب باید سوار کشتی بشود؛ ضربان قلبش تند شد و اظهار خستگی کرد.

سید نصرالله تا غروب که موقع حرکت کشتی بود؛ به مهمانی گذرانید؛ ولی هیجان و اضطراب مخصوصی در دل داشت. مثل کسی که برای عمل خطرناکی، عن‌قریب به اطاق جراحی خواهد رفت و به‌طور مستقیم یا غیرمستقیم از حضّار راجع به مسافرت دریا کسب اطلاع می‌نمود. طرف

غروب، مانند نالهٔ ناامیدی، صدای سوت کشتی بلند شد. سید نصرالله دلش تو ریخت. میزبانان فوراً اثاثیهٔ سید نصرالله را از گمرک تحویل گرفته، در بلم گذاشتند و در بلم دیگر، او را در میان خودشان نشانده، به طرف کشتی روانه شدند. سید نصرالله کیف محتوی کتابچهٔ لغات جدید و عکس حکیم‌باشی‌پور را به شکمش چسبانیده بود. بلم تکان می‌خورد؛ امواج دریا جلو مهتاب، مثل نقره می‌درخشیدند و درخت‌های سبز تیرهٔ خرما، دو طرف ساحل در سکوت صف کشیده بودند. سید نصرالله همهٔ این‌ها را با تنفّر و سوءظن نگاه کرد؛ مثل شتری که برای قربانی انتخاب شده و قبل از کشتن به تزئین و تجمّل او می‌پردازند. سید نصرالله حس می‌کرد که همهٔ این تشریفات برای گول زدن اوست. بلم تکان می‌خورد؛ آب دریا لب‌بَر می‌زد. به نظر سید نصرالله آمد که زندگی او کاملاً در معرض خطر قرار گرفته. برای اینکه هیجان درونی خود را بپوشاند؛ سعی کرد به عربی فصیح با رانندهٔ بلم صحبت بکند؛ ولی مرد بلمی، بیانات ایشان را ملتفت نشد و با عربی دست‌وپا شکسته‌ای که باعث عذاب روح سید نصرالله بود؛ جواب داد. سید نصرالله به فراست دریافت که یک نفر عرب در تمام دنیا پیدا نخواهد کرد که بتواند با او صحبت بکند!

کشتی‌ها از دور مانند طَبَق چراغ می‌درخشیدند. جهازی که عازم بمبئی بود؛ از همه قشنگ‌تر و پرنورتر به نظر می‌آمد. نسیم شوری از روی دریا می‌گذشت که بوی ماهی گندیده، خزه و عطرهای فاسد شده را با خودش می‌آورد؛ بوهای مخلوط، ناجور و سنگین که هنوز طوفان با نفس تمیزکننده‌اش آن‌ها را پراکنده نکرده بود. اوّل قایق موتوری دکتر به کشتی

رفت و بعد از اطراف بلم‌ها و کشتی‌های بادی که حامل مال‌التّجاره بودند؛ به طرف کشتی حمله‌ور شدند. در میان جاروجنجال مسافرین، داد و فریادهای حمّال‌های عرب و صدای موتور کشتی، نزدیك بود که سید نصرالله روح بشود. بالأخره همین که قدری خلوت شد؛ مثل زن پابه‌ماه، زیر بغل او را گرفتند و با هزار ترس و لرز از نردبان کشتی بالا رفت. به محض اینکه وارد کشتی شد؛ لبخند فلسفی رقیقی روی لب‌های رنگ‌پریده‌اش هویدا گردید و پس از آنکه اثاثیه و چمدان‌هایش را در اطاق مخصوص به او جای دادند؛ همراهانش با تعظیم و تکریم و خداحافظی از او خداحافظی کردند.

سید نصرالله سرش گیج می‌رفت؛ روی تختخواب باریك اطاق درجهٔ دوم نشست و کیف لغات و عکس‌ها را بغل دستش گذاشت. اگرچه سید نصرالله اعتبار مخارج سفر برای درجهٔ اوّل را داشت؛ ولی از لحاظ صرفه‌جویی، درجهٔ دوم را ترجیح داده بود و اگر منعش نمی‌کردند؛ درجهٔ سوم، گرفته بود. از پنجرهٔ اطاق، هیاهوی مسافرین و صدای حرکت جرثقیل می‌آمد. بلند شد نگاهی به بیرون انداخت؛ چراغ ساحل از دور سوسو می‌زد؛ در دالان اطاق‌های کشتی، دسته‌دسته حمّال‌های عرب مشغول آمدوشد بودند. از این منظره تأثّر و پشیمانی شدیدی به سید نصرالله دست داد. چند بار تصمیم گرفت که تا کشتی حرکت نکرده به ساحل برگردد و تمارض بکند و یا اصلاً استعفا بدهد؛ ولی حس کرد که خیلی دیر شده! بعد در قلب خود با زن و بچّه و زندگی راحتی که آن طرف ساحل گذاشته بود؛ خداحافظی کرد و لب خود را گزید. برگشت به مأوا و اطاق جدیدش دقیق شد. اطاق کوچك سفیدی بود که از آهن و چوب درست کرده بودند. سه تختخواب

فنری که دوتای آن‌ها روی هم قرار گرفته بود؛ به اضافهٔ روشویی، رخت‌آویز و یك عسلی داشت. ظاهراً محکم، تمیز و مطمئن بود. حکایت عجیب و غریب و عجایب‌البحار، قصّهٔ سندباد بحری و همهٔ افسانه‌هایی که راجع به هندوستان خوانده بود؛ در خاطراتش جان گرفت. همین وقت، پیشخدمت سیاه هندی با لباس سفید و تمیز وارد شد و چیزی به زبان انگلیسی گفت که سید نصرالله ملتفت نشد و از سستی معلومات خودش خجل گردید. پی برد که سرحدّ معلومات او چهار دیوار خانه‌اش بوده؛ زبان‌ها، مردمان و زندگی‌های دیگر هم در دنیا وجود دارد که او سابق بر این هرگز نمی‌توانست تصوّرش را بکند و بدون مناسبت، تمام بغض و کینهٔ او متوجّه پیشخدمت هندو شد؛ مثل اینکه او باعث شده بود که سید نصرالله دچار زحمت مسافرت بشود. بالأخره پیشخدمت شمد و پتو آورد و یکی از تختخواب‌ها را آماده کرد.

در این وقت، جنجال بیرون فروکش کرده بود. سید نصرالله به حالت خسته و کوفته روی تخت افتاد؛ امّا تخت برای او تنگ و ناراحت بود. دوباره پیشخدمت در زد؛ وارد شد و با علم اشاره به او فهماند که شام حاضر است. خودش جلو افتاد. از پلکانی پایین رفت و سید نصرالله را به اطاق رستوران کشتی راهنمایی کرد. سر میزی که سید نصرالله نشست؛ دو نفر از مسافران به زبان فارسی حرف می‌زدند. سید نصرالله هر غذایی را به دقّت وارسی می‌کرد و می‌چشید که مبادا مخالف حفظ الصحّه بوده و یا ادویهٔ هندی داشته باشد؛ چون طبق طب قدیم، او به سردی و گرمی غذاها معتقد بود و

با خودش مقداری ادویهٔ خنک همراه داشت؛ تا به موقع تعادل مزاج را برقرار بکند.

یکی از ایرانی‌ها که سر میز بود؛ به زبان انگلیسی دستور می‌داد و پیشخدمت هندی را «چکرا» خطاب می‌کرد. سید نصرالله از پیدا کردن هم‌زبان انگلیسی‌دان اطمینان حاصل کرد و موضوع «چکرا» را وسیله قرار داده، داخل در مبحث لغوی شد که «زبان هندی بچّهٔ زبان فارسی است. به‌علاوه از زمان لشکرکشی داریوش کبیر، اسکندر، سلطان محمود و نادر شاه، سپاهیان ایرانی متدرّجاً زبان فارسی را به هندوستان برده‌اند. من هم برای همین مقصود به هندوستان می‌روم و «چکرا» به زعم این ضعیف، همان «چاکر» فارسی است یا همین ترشی هندی که شما «چتنی» می‌گویید؛ از لغت فارسی «چاشنی» گرفته شده است؛ چون به‌طور کلّی ریشهٔ همهٔ زبان‌های دنیا از فارسی و عربی و ترکی گرفته شده، همان‌طوری که همه نژادهای بشر از اولاد حام و سام و یافث و یا سلم و تور و ایرج می‌باشند؛ مثلاً لغت «سماور» که تصور می‌کنند روسی است؛ من پیدا کرده‌ام؛ مرکب از سه لغت فارسی، عربی و ترکی است و باید به کسر اوّل خوانده شود؛ زیرا در اصل «سه‌ـ ماءـ وِر» بوده؛ «سه» فارسی، «ماء» عربی و «وِر» ترکی است؛ یعنی «سه آب بیاور». از این قبیل لغات زیاد است!» مسافران ایرانی از اطّلاعات تاریخی و لغوی سید نصرالله به حیرت افتادند. سید نصرالله در ضمن سؤالات، فهمید که شخص انگلیسی‌دان سابقاً در هندوستان بوده و اکنون به مأموریّت اداری به بوشهر می‌رود.

بعد از صرف قهوه، سید نصرالله به اطاق خود مراجعت کرد. احساس خستگی می‌نمود. جلو آینه دید، رنگش پریده. در حالی که زیر لب آیةالکرسی می‌خواند؛ در تختخواب افتاد و به خواب رفت.

هنوز تاریک روشن بود که سید نصرالله حرکت خفیف کشتی را حس کرد و صدای موتور را در عالم خواب و بیداری شنید. چشمش را که باز کرد؛ یکّه خورد. مثل اینکه هیچ منتظر نبود؛ در کشتی بیدار بشود. احساس سردرد می‌کرد. بعد از صرف صبحانه، دقّت کرد؛ دید ورقۀ بلندبالایی به دیوار نصب بود که روی آن به خط سرخ چاپ شده بود:

B. I. S. N. Co ltd.

Emergency Instructions for Passengers

زیر عنوان فوق، شرح مبسوطی به زبان انگلیسی نوشته شده بود و در سه عکس، مردی را نشان می‌داد که در عکس اوّل مشغول بستن سینه‌بند مخصوصی بود و دوتای دیگر، طرز پیچیدن آن را روی سینه نشان می‌داد.

عقیدۀ سید نصرالله در این مطلب تأیید شد که زبان انگلیسی همان زبان فرانسه است؛ گیرم املا و تلفّظ آن را خراب کرده‌اند. پیش خود گمان کرد که لغت Emergency از émerger فرانسه آمده است و عنوان ورقه را این‌طور ترجمه کرد: «تعلیمات راجع به بیرون آوردن مسافرین از آب». در همین وقت ملتفت شد؛ دید به سقف اطاق دو مخزن چوبی که در یکی از آن‌ها دو عدد سینه‌بند و در دیگری یک سینه‌بند بود؛ وجود داشت. لرزه بر اندامش افتاد

و با خودش نتیجه گرفت که به علم اروپایی هم نمی‌شود؛ اطمینان کامل داشت؛ زیرا این کشتی با تمام عظمتش، ممکن بود غرق بشود!

مدّتی دنبال کتاب لغت گشت؛ ولی پیدا نکرد. خواست شرح انگلیسی را بخواند؛ امّا از موضوع چیز زیادی دستگیرش نشد. فقط چند لغت را از قرینه حدس زد؛ ولی شکّی برایش باقی نماند که این اعلان برای پیش‌بینی از خطر بعد از غرق شدن است.

لباسش را به عجله پوشید؛ روی کشتی رفت. دید دو نفر هندو هنوز کنار دودکش خوابیده بودند؛ یك نفر ملّاح هندی با لباس زنگاری به تعجیل می‌دوید. تا چشم کار می‌کرد؛ آب بود که روی هم موج می‌زد. فقط از دور یك حاشیة رقیق رنگ‌پریده از ساحل پیدا بود. اطراف کشتی را دقّت کرد؛ دید به نردة درجهٔ اوّل، کمربندهای سفیدی نصب شده بود که رویش خوانده می‌شد: «والرو». روی صورت غذا همین لغت را دیده بود. پس نتیجه گرفت که اسم این کشتی «والرو» است. یك زن هندی که ساری پوشیده و حلقه‌های طلا در گوش و بینی خود کرده بود؛ آمد از کنار او گذشت.

هزار جور افکار وحشتناک در مغز سید نصرالله جان گرفت. آیا دو سال پیش در روزنامه نخوانده که یك کشتی بزرگ در اقیانوس اطلس غرق شد؟ چندی پیش در روزنامه عکس کشتی فرانسوی که در بحر احمر آتش گرفت؛ ندیده بود؟ اگر از دو میلیارد احتمال، یکی راست درمی‌آمد! به زحمتش نمی‌ارزید که انسان جانش را به مخاطره بیندازد؛ آن هم برای چه؟

یاد حکیم‌باشی‌پور افتاد که روزبه‌روز گردنش کلفت می‌شد و سنگ خودش را دائم به سینه می‌زد؛ در صورتی که بی‌سواد و شارلاتان بود. آیا همهٔ مینوت‌هایی که از اطاقش برمی‌گشت؛ پر از غلط و اشتباهات صرف و نحوی نبود؟ بعد هم شهرت داشت که ابتدا یهودی بوده، بعد در مدرسهٔ آمریکایی برای اخذ تصدیق، مسیحی شده و حالا هم خایهٔ آخوندها را دستمال می‌کرد! ترجمهٔ غلط کارلایل را از داماد جهودش امانت می‌گرفت و کنفرانس می‌داد. کتاب ضد اسلامی کشف می‌کرد و از طرف دیگر کوس تجدّد و لامذهبی می‌زد. در روزنامه‌ها اسمش را هم‌ردیف اسم افلاطون و سقراط و بوعلی و فردوسی و سعدی و حافظ و غیره چاپ می‌کرد! حالا زندگی‌اش را برای خاطر چنین موجودی به مخاطره بیندازد که بعد شمکش را جلو دهد و بگوید عکس مرا در روزنامه‌های هندوستان چاپ کردند. شخصی باماﻳﻪ و باﭘﺎیه‌ای مانند سید نصرالله را وسیلهٔ جاه‌طلبی احمقانهٔ خود قرار بدهد و این لغت‌های مضحک بی‌معنی که نه فارسی و نه عربی است؛ این‌ها را تحفه به هندوستان ببرد؟ شاید در آنجا دو نفر آدم چیزفهم پیدا می‌شدند! آن‌وقت به او چه خواهند گفت؟ چرا این تکّه را مخصوصاً برای او گرفت؛ در صورتی که نوچه‌ها و فدائیان دیگر هم دارد که نان به هم قرض بدهند و به‌عنوان مبهم مطالعه، با پول ملّت در اروپا می‌چرند تا هواخواه و هوچی آتیهٔ او بشوند و یا اینکه ماهی دو، سه هزار تومان به هرکدام از آن‌ها می‌رسانید تا کتابی مثلاً راجع به «جرجیس پیغمبر و تعالیم او در عالم بشریت»، تدوین بکنند و به خرج دولت چاپ بشود. مگر او شش انگشتی بود و نمی‌توانست راحت در کنج خانه، پهلوی زن و فرزندش بنشیند و از این قبیل تُرّهات

یا ترجمهٔ مزخرف‌ترین کتاب‌های فرنسه را به قلم دیگران بیرون بدهد که حالا باید مثل اشخاص ماجراجو و خانه‌به‌دوش، بی‌پروا به آب و آتش بزند و گنده‌کاری‌های یک دسته از هوچی‌های حکیم‌باشی‌پور را به هندوستان برده، خودش و مردم را مسخره بکند. آیا صادرات معارفی آبرومندتری پیدا نمی‌شد؟ سید نصرالله یک‌مرتبه ملتفت شد که عنان عقل را به دست احساسات سپرده؛ زیرا در طی تجربیّات زندگی برخورده بود که نان و آش در همین هوچی‌بازی‌های یک مشت، تازه به دوران رسیده و نمایش‌های لوس پیدا می‌شود که خاک در چشم عوام می‌پاشند؛ مردم را گول زده و کیسه را پر پول می‌سازند. وآنگهی مگر خود او را وادار نکردند که در پرورش افکار برای دورهٔ مشعشع مدّاحی بکند؟ او هم پذیرفت؛ برای اینکه هنرنمایی بکند و داد سخنوری بدهد و بالأخره به آن‌های دیگر بفهماند که کَهَر کم از کبود نیست! الحق موضوع بکری را انتخاب کرد: «مادر میهن را تشبیه به ناخوش رو به قبله کرده بود که رضاخان را به شیوهٔ ژیل بلاس با شیشهٔ اماله و شاخ حجامت بالای سرش آورده بودند و بالأخره او را نجات داد!» (با وجود کدورت خاطر پوزخندی زد.) آن‌های دیگر دهنشان می‌چایید که بتوانند نطقی با چنین الفاظ وزین و عبارات دل‌نشین بکنند. او همهٔ این علما و فضلا را بزرگ کرده بود و خوب می‌شناخت. به‌فرنگ‌رفته‌ها و متجدّدین و قدیمی‌هایش همه سر و ته یک کرباس بودند؛ فقط عناوین آن‌ها فرق می‌کرد. پیش‌تر می‌رفتند نجف، حجت‌الاسلام می‌شدند و حالا می‌رفتند فرنگ با عنوان دکتری برمی‌گشتند و کارشان عوام‌فریبی و همهٔ حواسشان توی شکم و زیر شکمشان بود. همه به فکر خانهٔ سه طبقه و اتومبیل و مأموریّت به

خارجه بودند. اگرچه سید نصرالله به خارجه نرفته بود؛ اما با خیلی از اطبّا و دانشمندان اروپایی که به ایران آمده بودند؛ محشور بود؛ مثلاً یك طبیب ایرانی آرزویش این بود که مدیركل و وكیل و وزیر بشود؛ در صورتی كه مرحوم «دكتر تولوزان» تمام وقتش را به مطالعه می‌گذرانید. خود او چرا نسبت به دیگران عقب مانده بود؟ برای اینكه اهل علم و مطالعه بود! یادش افتاد كه پای میز خطابه با چه وَلَعی لغات را از دهنش می‌قاپیدند و بعد چه تبریكات گرمی به او می‌گفتند! او طرف توجّهات مخصوص ملوكانه شده بود! امّا دفعهٔ بعد مجبورش كردند؛ دوباره نطق بكند! شانه خالی كرد. شاید حالا هم به جرم همین سرپیچی او را به این مأموریّت خطرناک فرستاده بودند! سرش را تكان داد و زیر لب گفت: «هركه را طاووس باید؛ جور هندوستان كشد».

سید نصرالله بعد از صرف ناهار، از اطاق رستوران كه بیرون آمد؛ در راهرو برخورد به مرد ایرانی كه انگلیسی می‌دانست. ابتدا اظهار آشنایی كرد و از گرمای هوا شكایت نمود. بعد بدون سابقه از او پرسید: «شما تنها هستید؟»

«بله.»

«اگر گز اصفهان میل می‌فرمایید؛ ممكن است به اطاق بنده تشریف بیاورید.»

او را به اطاق خود راهنمایی كرد. جعبهٔ گزی را به‌زحمت از چمدان درآورد؛ جلو او گذاشت و خیلی آهسته شروع به صحبت كرد: «هرگاه انسان همهٔ عمر عزیزش را صرف تحصیل زبان و علوم و فنون بكند؛ باز هم كم است. افسوس كه عمر كوتاه ما كفاف نمی‌دهد كه با فراغت خاطر، تمام

وقت خودمان را به مطالعه بپردازیم! کمترین تغییری در زندگی کافی است؛ برای اینکه به مجهولات تازه‌ای بربخوریم. هرآینه کوچک‌ترین چیزی را با دیدۀ عبرت نگریسته و مورد تحقیق قرار دهیم؛ همین مطلب تأیید خواهد شد. اگر یك برگ خشک را زیر ذرّه‌بین میکروسکوپ بگذاریم؛ خواهیم دید که دنیای جدیدی با قوانین و اصول خود به ما مکشوف می‌گردد. یك ذرّه خاشاك روی زمین ممکن است؛ موضوع سال‌ها بحث فلسفی و تفکّر و تعمّق واقع بشود؛ چنان‌که عرفا گفته‌اند:

دل هـر ذرّه‌ای کـه بشکافی   آفـتـابـیـش در مـیـان بـیـنـی

«علم نظری امروزه به ما ثابت می‌کند؛ همان چیزی را که قدما ذرّه می‌گفتند و تصوّر می‌نمودند که غیرقابل تجزیه است؛ تشکیل یك منظومه را می‌دهد. حال اگر نظری به سوی آسمان بیفکنیم؛ گردش افلاك و قوانین تغییرناپذیر آن‌ها، فقط ما را دچار بهت و حیرت می‌کند؛ به‌طوری که در پایان امر مجبوریم؛ منصفانه اقرار بکنیم:

تـا بـدان‌جا رسیـد دانـش مـن   کـه بـدانـم هـمـی کـه نـادانـم!

«اطراف ما مملو از اسرار و مجهولات است. من با هرمس تریسمژیست هم‌عقیده هستم که می‌گوید: «آنچه در دنیای سفلی یافت می‌شود؛ در دنیای علوی هم وجود دارد.» باری مقصود از اطناب کلام این بود که این‌همه اقوام و طوایف و اَلسَنه که در فراخنای جهان وجود دارد؛ بدیهی است که عمر ما وفا نمی‌کند تا در چگونگی و ماهیّت روحیّۀ این طوایف غور نموده

و به رموز زبان آن‌ها پی ببریم. چیزی که باعث تأسّف من است؛ در ایّام شباب از فراگرفتن لسان انگلیزی غفلت ورزیدم و حال می‌بینم که به دشواری می‌توانم لغات و جملات را از هم تفکیك بکنم؛ چون اساساً ریشهٔ زبان آنگلوساکسون با زبان‌های لاتینی فرق دارد و چنان‌که باید و شاید به معنی لغات و جملات انگلیزی مسلّط نیستم؛ مثلاً اخطاریّه‌ای که به دیوار است (دستورالعمل ضروری را نشان داد.) عنوان آن را به فراست دریافتم؛ گویا مقصود، دستورالعمل نجات مسافرین از غرق شدن است».

شخص تازه‌وارد در حالی که گز توی دهانش مانده بود؛ بیانات ثقیل فیلسوفانه را با تعجّب گوش داد و بی‌آنکه مقصود سید نصرالله را بفهمد؛ مطلبش را تصدیق کرد:

«البته، البته. همین‌طور است که می‌فرمایید.»

«آیا حقیقتاً خطر غرق شدن، کشتی را تهدید می‌کند؟»

«هرگز! چه فرمایشی است؟ فقط محض احتیاط است. مآل‌اندیشی اروپایی را می‌رساند؛ ولی اتّفاق همیشه ممکن است.»

«بله؛ مقصود این است که اتّفاق ممتنع نیست؛ بلکه ممکن‌الوقوع است.»

«البته.»

«امّا وسیلهٔ احتراز از اتّفاق غیرمترقّبه را پیش‌بینی کرده‌اند.»

«البته.»

«ممکن است از جنابعالی خواهش بکنم؛ قبول زحمت فرموده، این اخطاریه را البتّه به اختصار برایم ترجمه بفرمایید؟»

«باکمال افتخار!»

شخص انگلیسی‌دان برخاست؛ اعلان را خوانده و برای سید نصرالله دستورالعمل مفصّلی که راجع به استعمال ژاکت‌های نجات نوشته بود؛ ترجمه کرد و مخصوصاً در اعلان تذکّر داده شده بود که لازم است؛ مسافرین برای آشنایی به استعمال ژاکت، قبلاً آن را امتحان بکنند.

سید نصرالله به دقّت گوش داد. عرق روی پیشانی‌اش را پاک کرد و پرسید: «در صورتی که کشتی آتش بگیرد یا به علّت دیگری غرق شود؛ البتّه ممکن است و محال نیست؛ مثلاً سال قبل بود که یك کشتی فرانسوی در بحر احمر طعمهٔ حریق شد. به خاطر دارم؛ در یك روزنامهٔ لاتینی خواندم که یك کشتی بزرگ هم در اقیانوس اطلس غرق شد و مسافرینش تا آن دم که قالب تهی کردند؛ به عیش و نوش مشغول بودند..»

«روزنامهٔ لاتینی؟»

«بله، من زبان فرانسوی را زبان لاتینی می‌گویم. ببخشید اگر سؤالات بنده کسل‌کننده است. فقط از لحاظ کنجکاوی فطری است که خداوند متعال در من به ودیعه گذاشته؛ زیرا من همیشه خودم را محصّل می‌دانم و می‌خواهم در هر موقع استفاده کرده، به معلومات خود بیفزایم. مقصود این بود که هرگاه در موقع غرق شدن کشتی، شخصی از فنّ شنا بی‌بهره باشد؛ چه خواهد شد؟»

«همان‌طوری که فرمودید؛ قایق‌های بزرگی دو طرف کشتی هست که آن‌ها را فوراً به آب خواهند انداخت. ابتدا بچّه‌ها، بعد زن‌ها، بعد مردها را در آن‌ها می‌گذارند تا موقعی که کشتی امدادی برسد.»

«ولی ماهی‌های خطرناك وجود دارد و ممکن است؛ قبل از نجات صدمه برسانند.»

«البتّه همه قسم اتّفاق ممکن است؛ ممکن‌الوقوع است؛ مثلاً اگر خدای نخواسته دستگاه تلگراف بی‌سیم آتش بگیرد و کشتی دور از ساحل باشد؛ بر فرض هم که مسافرین را در قایق نجات جمع‌آوری بکنند؛ ممکن است از تأخیر رسیدن کشتی امدادی و نداشتن آذوقه تلف بشوند. در زندگی همه جور پیش‌آمد ممکن است!»

سید نصرالله به حال متفکّر سرش را تکان داد و زیر لب تکرار کرد: «در زندگی هر نوع اتّفاقی ممکن‌الوقوع است!»

بعد پرسید: «فرمودید قایق‌های بزرگی دو طرف کشتی وجود دارد؟»

«بله، مگر ملاحظه نفرمودید؟ بفرمایید نشان بدهم.»

«خیلی متشکّرم. بفرمایید بدانم؛ آیا این کشتی در بنادر دیگر هم ایست می‌کند؟»

«چون خط سریع است؛ فقط در بوشهر و کراچی و بمبئی لنگر می‌اندازد. امشب یکی، دو ساعت در بوشهر نگه خواهد داشت.»

سید نصرالله متفکّر: «خیلی متشکّرم. اسباب زحمت جنابعالی را فراهم آوردم...» و بعد خاموش شد. سکوت مرگ، اطاق را فراگرفت. مرد انگلیسی‌دان

خداحافظی کرد و رفت. سید نصرالله دستمالی درآورد؛ روی پیشانی سوزانش کشید. بعد بلند شد؛ با احتیاط به طرف عرشهٔ کشتی رفت. دقّت کرد. دید دو قایق بزرگ سیاه که تا حال ملتفت نشده بود؛ دو طرف کشتی آویزان بود و رویش نوشته بود: «آکسفرد». اسم کشتی را دوباره روی کمربندهای نجات خواند. چند بار تکرار کرد «والرو، والرو!» مثل اینکه به این اسم آشنا بود. پیش خودش تصوّر کرد؛ شاید یکی از ربّ النّوع‌های یونانی یا آشوری باشد. بعد به امواج دریا خیره شد که می‌غرّید، متشنّج می‌شد و فریادزنان به کشتی حمله می‌کرد؛ بعد روی هم می‌پیچید و دور می‌شد. رنگ سبز چرکتاب دریا، مبدّل به رنگ سیاه شده بود. به نظرش، امواج دریا مایع جاندار یا جسم لغزندهٔ حسّاسی جلوه کرد که از شدّت درد و خشم با لرزش عصبانی به خود می‌پیچید؛ مانند جسم شکنجه‌شده‌ای که بیهوده درد می‌کشید و حاضر بود صدها از این کشتی‌ها و مسافرانش را بدون ملاحظهٔ فضل و معرفت آن‌ها به یک لحظه، در خود غوطه‌ور بسازد! یک نوع احساس آمیخته از ترس و تنفّر از قوای کور طبیعت به او دست داد. به‌علاوه زیر این تودهٔ آب، حیوانات و ماهی‌های خطرناک وجود داشت که به خون او تشنه بودند. آیا در خرّمشهر نشنیده بود که تا کنون چندین‌بار زن‌ها و بچّه‌هایی که به هوای رختشویی کنار رودخانه رفته بودند؛ آن‌ها را کوسه ماهی در آب کشیده و نصف کرده؟ زیر پایش، لرزهٔ خفیف کشتی را حس کرد. صدای آواز فلزّی موتور می‌آمد. تا چشم کار می‌کرد؛ آب بود که عقب می‌زد و به کشتی حمله می‌کرد. کشتی آب را می‌شکافت و مثل خونابه‌ای که از جراحات جاری بشود؛ تکّه‌های کف دنبالش کشیده می‌شد. دو پرندهٔ کوچک که معلوم نبود؛ آشیانهٔ آن‌ها

کجاست؛ پشت سر کشتی پرواز می‌کردند. همهٔ این‌ها به نظرش عجیب و غریب و باورنکردنی آمد. آن‌وقت مردمان دیگری که در طبقهٔ زیرین کشتی مسکن داشتند؛ آیا آن‌ها دیگر چه نوع آدمیزادی بودند؟ ولی هیچ‌کدام از مسافرین اضطرابی از خود ظاهر نمی‌ساختند؛ امّا این دلیل کافی نبود که باعث آرامش فکر سید نصرالله باشد؛ زیرا فرق وجود او که افتخار نژاد بشر به شمار می‌رفت با دیگران از زمین تا آسمان بود!

سید نصرالله معتقد بود که بی‌جهت اهالی کاشان مشهور به ترسو هستند؛ مگر «هرودوتوس» ننوشته که ایرانیان قدیم از آب و دریا هراس می‌کرده‌اند. به اضافه، حافظ مگر شیرازی نبود؟ او هم از دریا ترسیده. یادش افتاد؛ در کتابی خوانده بود که اکبرشاه هندی حافظ را به هندوستان دعوت کرد؛ ولی حافظ از منظرهٔ کشتی و دریا ترسیده و از مسافرت صرف‌نظر کرد. چنان‌که به همین مناسبت می‌گوید:

شب تاریک و بیم موج و گردابی چنین هایل

کجا دانند حال ما سبکساران ساحل‌ها؟

زن هندی که در بینی و گوشش حلقه‌های طلا بود؛ دوباره آمد؛ ساکت و آرام از پهلویش رد شد؛ بی‌آنکه به او اعتنا بکند. همهٔ مسافران کشتی به نظر سید نصرالله وحشتناک، ناخوش و موذی آمدند؛ مثل اینکه دست‌به‌یکی کرده بودند؛ تا او را غافلگیر کرده با شکنجهٔ استادانه‌ای بکشندش! سرش گیج رفت؛ فکرش خسته بود. به اطاق خودش پناه برد. لباسش را کند و روی تختش افتاد. هزار جور اندیشه‌های ترسناک در مغزش می‌گردیدند. لرزش

یکنواخت کشتی را بهتر حس می‌کرد و مثل اینکه احساسات او دقیق‌تر و تیزتر از معمول شده بود. این لرزش با صدای قلب او هم‌آهنگ شده بود. کم‌کم پلک‌های چشمش سنگین شد و به خواب رفت.

دید دسته‌ای از اعراب روی عرشهٔ کشتی با کمربند نجات ایستاده سینه‌بند می‌زدند و می‌گفتند: «والرو!...» دستهٔ دیگر که سینه‌بند نجات داشتند؛ از توی دریا به آن‌ها جواب می‌دادند: «والرو!...» خود او هم روی عبای بوشهری که همیشه در خانه می‌پوشید؛ سینه‌بند نجات بست و بچّه‌هایش را قلم‌دوش کشیده بود. همین که خواست در دریا بجهد؛ زنش دامن عبای او را کشید. از شدّت وحشت از خواب پرید. عرق سرد به تمام تنش نشسته بود؛ سرش تیر می‌کشید؛ دهنش تلخ‌مزّه بود. وقتی که چشمش به اطاق کشتی افتاد؛ صدای فلزّی موتور را شنید و لغزش کشتی را حس کرد. دوباره چشمش را بست؛ مثل اینکه می‌خواست از این جهنّم فرار بکند. بی‌اختیار تمام فکر او متوجّه خانه‌اش شد. یاد کرسی اطاقشان افتاد که رویش قلّابدوزی سرخ افتاده بود. زیر گوشی و دشک‌های گرم و نرم اطراف آن را مثل نعمت گران‌بهایی که از آن محروم مانده بود؛ آرزو کرد. بچّه‌اش که تازه زبان باز کرده بود؛ لغات را با مخرج صحیح ادا می‌کرد. قوقوسی اناری که زنش در بشقاب دانه می‌کرد؛ پشت میز اداره و همه این کیف‌ها مانند دنیای افسون‌آمیزی از او دور شده بودند! با خودش شرط کرد که در موقع مراجعت، از راه خشکی به وسیلهٔ راه‌آهن برگردد که مطمئن‌تر بود. از ته دل به حکیم‌باشی‌پور نفرین فرستاد که او را به این بلا دچار کرده بود؛ در صورتی که خودش با گردن سرخ و تبسّم ساختگی پشت میز وزارتش نشسته و همهٔ

حواسش توی لنگ و پاچهٔ دخترها و پسرها بود و برای مقامات عالیه به این وسیله کارگشایی می‌کرد. به یك دسته دزد و دغل و مبلّغین خودش کارهای پرمنفعت می‌داد و عناوین برایشان می‌تراشید. عضو فرهنگستان درست می‌کرد تا لغت‌های مضحك بی‌معنی بسازند و به زور به مردم حُقنه بکنند! در صورتی که همه جای دنیا لغت را بعد از استعمال مردم و نویسندگان داخل زبان می‌نمایند و او که در علم فقه‌اللّغه بی‌نظیر است؛ حمال این لغت‌های بچگانه، بی‌ذوق و بی‌سلیقه شده! شاید عمداً او را سنگ قلّاب‌سنگ کرده بودند؛ چون از او کارچاق‌کنی برنمی‌آمد و با دادن تصدیق به جوانانی که فقط دیپلم از ستارهٔ ونوس داشتند؛ مخالفت کرده. او تا کنون لای سبیل می‌گذاشت؛ زیرا زندگی آرام و بی‌دغدغه داشت و شخصاً از آب گل‌آلود ماهی می‌گرفت؛ امّا حالا جانش را برای هیچ و پوچ به مخاطره انداخته بودند. بلند شد؛ نشست. مثل اینکه در افکارش تغییر حاصل شد. به خاطر آورد که دگمهٔ زیرشلوارش افتاده. برای سرگرمی مشغول دوختن آن شد. فکر می‌کرد؛ اگر زنش آنجا بود؛ این کار زنانه را که هرگز شایستهٔ فضل دانشمندی مثل او نبوده متحمل نمی‌شد.

در این وقت کشتی سوت کشید و ایستاد. میان مسافران همهمه افتاد. سید نصرالله دلش تو ریخت و گمان کرد؛ اتّفاق ناگواری رخ داده است؛ ولی به زودی ملتفت شد که به بوشهر رسیده‌اند. دستپاچه لباسش را پوشید و در ایوان کشتی رفت؛ ظاهراً بندر پیدا نبود. فقط از دور چراغ ضعیفی می‌درخشید؛ یکی، دو قایق موتوری دیده می‌شد؛ چند کشتی بادی مشغول باربندی شده بودند. از هیاهوی حمّال‌ها خوابی که دیده بود؛ به یاد آورد.

به نظرش آمد که کابوس وحشتناکی را در بیداری می‌بیند. ساحل دریا آن‌قدر دور و تاریک بود که فکر مراجعت به خشکی، به نظرش خیال خام و بی‌اساس آمد. ساعتش را نگاه کرد؛ موقع شام بود. به اطاق رستوران رفت تا شاید اطلاع مفیدی کسب کند؛ امّا همهٔ کسانی که سر میز بودند؛ حتّی مرد انگلیسی‌دان و پیشخدمت‌ها به نظر او ساکت و اخم‌آلود آمدند. مثل اینکه می‌خواستند؛ خبر شومی را از او بپوشانند. به دلش بد آمده، شام به دهنش مزه نکرد. اصلاً حس کرد اشتها ندارد. فقط سوپ را با یک موز خورد؛ برای اینکه سر دلش سبک باشد. مرد انگلیسی‌دان با اشاره از او خداحافظی کرد و رفت. مثل اینکه عجله داشت. سید نصرالله مأیوس و متفکّر به اطاقش پناه برد.

برای اینکه همهمهٔ خارج را خفه بکند؛ در را بست و پرده را جلو کشید. اگرچه هوا دم کرده و گرم بود؛ امّا صلاح ندانست پیچ بادبزن برقی را باز بکند. قلم و کاغذ را برداشت تا یادداشت‌هایی راجع به نطق فلسفی خود بردارد؛ ولی حواسش جمع نبود. روی کاغذ مطالب مبهمی نوشته بود که نپسندید. در میان خطوط دقّت کرد؛ دید نوشته: «میهن، یعنی من. مقصود، فقط تبلیغ آن قائد عظیم‌الشّأن است که شاخ حجامت را گذاشت و خون ملّت را کشید. مقصود از تعلیم اجباری، با سواد کردن مردم نیست. فقط برای این است که همهٔ مردم بتوانند؛ تعریف او را و در نتیجه، حکیم‌باشی‌پور را در روزنامه‌ها بخوانند؛ به زبان روزنامه‌ها فکر بکنند و حرف بزنند. زبان‌های بومی که اصیل‌ترین نمونه فارسی است؛ فراموش بشود. کاری که نه عرب توانست بکند و نه مغول و لغت‌های ساختگی که نه زبان خشایارشا است و نه زبان مشتی حسن، به آن‌ها تحمیل بشود؟ من‌درآری، همه‌اش من‌درآری

است. منافع مقدّس خودش را منافع مقدّس میهن جلوه می‌دهد. مگر او از کجا آمده و چه صلاحیّتی دارد که منافع وطن را بهتر از من می‌تواند تشخیص بدهد...» دوباره خواند. از خودش پرسید؛ آیا دیوانه نشده بود؟ زهرخندی زد. او تا کنون به چنین جملاتی، نه فکر کرده بود و نه به زبان آورده بود. آیا یك قوّهٔ خارجی محرّك او بوده یا مسافرت در روحیّه‌اش تغییر داده بود؟ شاید در اثر بدخوابی بوده. بالأخره کاغذ را پاره کرد.

در این وقت صدای یکنواخت جرثقیل خفه شده بود. کشتی حرکت می‌کرد. سید نصرالله بلند شد. لباس پوشید و روی کشتی رفت. از مشاهدهٔ مسافرین دلش آرام گرفت. چون تصوّر می‌کرد؛ او را تنها در کشتی گذاشته‌اند. توده‌های ابر سیاه به شکل تهدیدآمیزی روی آسمان جابه‌جا می‌شد. چراغ بندر از دور سوسو می‌زد. آب دریا به رنگ قیر درآمده بود. طرف دیگر که آسمان صاف بود؛ سید نصرالله دب اکبر و دب اصغر را تشخیص داد. ماه کنار آسمان به نظر می‌آمد که پایین آمده و از زیر آن، یك رودخانهٔ نقره‌ای روی آب سیاه می‌درخشید و به سوی کشتی می‌آمد. هوا خفه بود.

سید نصرالله قلبش فشرد. اضطرابش فروکش کرد. یك جور احساس آسایش بی‌دلیلی در او پیدا شد. مثل اینکه برای اوّلین بار با عنصر طبیعت آشتی کرده است. سرتاسر زندگی‌اش به نظر او یك خواب دور، موهوم و شکننده آمد. احساسات زمان طفولیّت در او بیدار شده و با احساس تنهایی و دوری توأم شده بود. در نتیجه، یك نوع ترحّم دردناکی برای خودش حس می‌کرد. با گام‌های سنگین دوباره به اطاق خودش برگشت. قلم و کاغذ را برداشت.

کمی فکر کرد و نوشت: «کشور هندوستان پیوسته مهد ادبیات پارسی بوده. در این زمان که در سایهٔ توجّهات پدر تاجدار، ترقّیات روزافزون معارفی...»

دیگر چیزی به فکرش نرسید. بعد سعی کرد توصیف ماه را روی دریا به لباس ادبی دربیاورد. دوباره قلم برداشت و نوشت: «آب قیرفام، با غرّش تندرآسا کشتی را به مبارزه می‌طلبد. ماه از کرانهٔ آسمان، مانند شاهد بی‌طرف، جوشن سیمین خود را روی امواج افکنده، تبسّم می‌کند!» این هم پسندش نشد. مثل اینکه قوّهٔ مجهولی تمام معلومات معنوی و فلسفی او را بیرون کشیده بود.

بعد خواست کاغذی به زنش بنویسد. احساس سردرد کرد. ناگهان نگاهش به سقف افتاد و سینه‌بند نجات را دیده، بلند شد. در را بست. شیشه و جدار چوبی و پرده و پنجره را جلو کشید. همین که مطمئن شد کاملاً محفوظ است؛ یکی از سینه‌بندها را با احتیاط از مخزنش درآورد. وزن کرد؛ مثل چهار قطعه چوب سبک به شکل مکعب مستطیل بود که در پارچهٔ خاکستری زمختی شبیه گونی دوخته شده بود. با دقّت سر خود را از میان چهار قطعه چوب‌پنبه که به وسیلهٔ پارچه به هم متصل بود؛ بیرون آورد. دو قطعه از چوب‌ها روی سینه و دو قطعهٔ دیگر مانند کوله‌پشتی دو روی کتف او قرار گرفت. رفت جلو عکسی که روی دستورالعمل ضروری بود؛ ایستاد. مطابق دستور، بند آن را محکم کشید. سینه‌بند چسب تن او شد. بعد رفت جلوی آینه، قیافهٔ خودش را برانداز کرد.

از پریدگی رنگ خود ترسید. شکل جانی‌هایی شده بود که در انتظار مرگ، چندین ماه در زندان گرسنگی و بی‌خوابی کشیده باشند. خوابی که

دیده بود؛ به یاد آورد و پیش خود تصوّر کرد؛ زمانی که در دریا بیفتد؛ چه وضع وحشتناکی خواهد داشت. لرزه بر اندامش افتاد. زانوهایش سست شد. دندان‌هایش به هم می‌خورد؛ به‌طوری که صدایش را می‌شنید. نبض خودش را گرفت. بی‌اراده چندین‌بار زیر لب گفت: «والرو... والرو...» صدایش خراشیده بود. سرش به شدّت درد می‌کرد. در قلب خود با زن و بچّه‌اش وداع کرد. اشك در چشمش حلقه زد و برگشت تا صورت خود را اقلّاً نبیند. خواست سینه‌بند را باز بکند؛ ولی یادش آمد که در موقع خطر، بستن آن کار آسانی نیست و از لحاظ مآل‌اندیشی ترجیح داد با سینه‌بند بخوابد. عرق سردی از سر تا پایش جاری بود و حس کرد که جداً ناخوش است. دو قرص آسپرین خورد و در حالی که آیهالکرسی می‌خواند؛ رفت روی تختخواب به پهلو خوابید. ناراحت بود و ضربان قلبش را که تند شده بود؛ می‌شمرد.

هنوز چشمش به هم نرفته بود که دید؛ کشتی آتش گرفته. او بالای عرشه روی منبر ایستاده بود؛ ولی لباس زنانه به شکل ساری زن هندی که حلقهٔ طلا در گوش و بینی خود کرده بود؛ در بر داشت. نطق مهیّجی راجع به استعمال کمربند نجات ایراد می‌کرد. در میان سوت کشتی و ناقوس‌هایی که می‌زدند؛ مجبور بود؛ صدایش را دائماً بلندتر بکند و فاصله به فاصله دست در کیف خود می‌کرد و عکس‌هایی در می‌آورد و روی سر مردم نثار می‌نمود. مسافرین از روی ناامیدی خودشان را در دریا می‌انداختند؛ ولی ماهی‌های بزرگی با چشم‌های خشمگین درخشان، آن‌ها را از میان دو پاره می‌کردند و روی آب پر از نعش‌های تکه‌تکه شده بود. یک‌مرتبه ملتفت شد؛ دید بچّه‌هایش در قایق سیاهی نشسته بودند که رویش به خط سفید

نوشته: «آکسفرد» و مرد ایرانی انگلیسی‌دان را شناخت که پارو می‌زد. آن‌ها را به طرف مقصد نامعلومی می‌برد.

همین که شعلهٔ آتش به او نزدیك شد؛ خودش را در آب انداخت. در همین وقت، یك ماهی ترسناک بزرگ با چشم‌های آتشین به او حمله‌ور شده، سینه‌اش را در میان چهار دندان کُند خود، مثل چهار قطعه آجر گرفت و به سختی فشار داد؛ به‌طوری که بیهوش شد.

صبح پیشخدمت هندو، نعش سید نصرالله را در حالی که سینه‌بند نجات، خفت گردن او شده بود؛ در اطاقش پیدا کرد.

دو ماه بعد، در کوچهٔ حمّام وزیر، جمعیّت انبوهی دور مجسّمهٔ سید نصرالله ایستاده بود که با یک دست، کیفی را به شکمش چسبانیده و با دست دیگر اشاره به سوی هندوستان کرده. زیر پایش، خفّاشی، علامت عفریت جهل، در حال نَزع بود. آقای حکیم‌باشی‌پور با قیافهٔ متأثّر و متألّم کنار مجسّمه روی منبری ایستاده، نطق مفصّلی در مناقب آن مرحوم ایراد می‌کرد. در ضمن نطق، مکرّر اشاره به آن فاجعهٔ ناگوار فراموش‌نشدنی و فقدان آن هشتمین سبعهٔ دنیا، فیلسوف دهر و دریای علم نمودند. سپس نونهالان و نوباوگان میهن را مخاطب قرار داده، نتیجه گرفت: «شما باید پیوسته کردار، گفتار و پندار این نابغهٔ میهن‌پرست را که در راه میهن، فداکاری و شهامت بی‌نظیری از خود بروز داد و عاقبت شربت شهادت را چشید؛ سرمشق خویش قرار بدهید و فریضهٔ هر فرد میهن‌پرستی است که مجسّمه یا لااقل شمایل این ادیب اَریب و فاضل ارجمند را زیب دیوار

خویش ساخته و به وجود چنین عناصر میهن‌پرستی تفاخر بکند و نیز همواره سعی و کوشش بلیغ بنمایند که در راه میهن و خدمات معارفی (بغض بیخ گلویش را گرفت.)

(بعد از سه دقیقه مکث): «مخصوصاً من در فرهنگستان پیشنهاد خواهم کرد که کوچهٔ حمّام وزیر را «خیابان میهن‌پرست»، بنامند و از علاقه‌ای که به پارسی سره و سرزمین آبا و اجدادی خودم دارم؛ آن مرحوم را که سید نصرالله بود؛ «پیروز یزدان» نامیده و لقب «میهن‌پرست» به وی می‌دهم.

«اشتباه نکنید؛ آن فقید مرحوم نمرده است؛ بلکه به وسیلهٔ جان‌فشانی و فداکاری که در راه میهن نمود؛ مقام ارجمندی در قلب همهٔ افراد میهن احراز کرد؛ چنان‌که شیخ العرفا گفته:

بعد از وفات، تربت ما در زمین مجوی
در سینه‌های مردم عارف مزار ماست!

«در خاتمه من از ارباب جود و سخا تقاضا می‌کنم؛ اعانه‌ای فراهم بیاورند تا کشتی مسافرتی والرو، که قتلگاه آن مرحوم جنّت‌مکان خلد آشیان است؛ از کمپانی خریداری و در موزهٔ معارف حفظ بشود».

بعد دست کرد در کیفی که همراه داشت و مقداری از آخرین عکس‌های سید نصرالله که موقع حرکتش گرفته شده بود؛ درآورد و روی سر مستمعین نثار کرد. حضّار عکس‌ها را از یکدیگر قاپیده، روی قلب خودشان گذاشتند. سپس نونهالان و نوباوگان با چشم گریان و دل بریان پراکنده شدند.

Also by Thea Hawthorne

THE MUSES OF ESK SERIES

The Muse of Missing Pieces

A Reverie of Roses

9 781763 861824